모로의 내일

모로의 내일

이선주
최영희
최상희
황영미
조우리

사계절문학상 20주년 기념 앤솔러지

사□계절

절대적이고 상대적인
다양한 정체성에 대해

1997년 '사계절1318문고' 시리즈를 만들고 2002년 '사계절문학상' 공모로 청소년문학 작가들을 적극 발굴하며 청소년문학을 본격적으로 알린 사계절출판사가 2022년 사계절문학상 20주년을 맞았습니다. 이를 기념하기 위해 청소년문학 공모 수상 작가들과 함께 앤솔러지를 꾸려 보았습니다.

코로나19는 '절대적이라 믿었던 것들에 대한 배신'이라고 할 정도로 우리 일상에 엄청난 충격과 파장을 가져왔습니다. 절대 문 닫을 일 없을 줄 알았던 학교가 문을 닫고, 무조건 가야 하는 거라 믿었던 대학의 존재 의미를 의심하게 되었습니다. 그럼에도 딱히 다른 길을 찾지 못해 여전히 같은 궤도를 맴돌고 있기도 합니다. 자연은 더 이상 우리에게 호의적이지 않아 온갖 재난과 환경 위기에 직면했습니다. 아이들은 학대 속에 방치되고, 청소년과 청년들은 죽음의 위협에 무방비로 노출되어 있는데도 계속 생명이 태어나길 바라는 사회. 어찌 보면 세상은 종말을 향해 가고 있는지도 모릅니다.

절대 바뀌지 않을 것 같았던 것들이 조금씩 나은 방향으로 변화하기도 합니다. 다양한 형태의 가정을 인정하려는 태도, 어떤 틀에 얽매이지 않고 기꺼이 연대하려는 움직임, 성인지감수성에 예민해지려는 노력, 마이너리티에 대한 관심과 존중, 지구라는 행성에 살아가는 한 종으로서 겸손해지려는 마음……. 이 모든 것이 조금씩 팽창해 우리 안에 조심스레 뿌리를 내리고 있습니다.

청소년이라면 이런 세상 종말 같은 분위기에서도, 좀 더 날카롭게 칼을 벼려야 하는 때에도 나는 누구, 여긴 어디? 이런 말을 하고 싶지 않을까요? 기성세대가 벌여 놓은 일들을 수습하느라 청춘을 다 보내기엔 너무 억울하다며 뛰쳐나오고 싶진 않을까요? 이것도 저것도 아니고, 여기에도 저기에도 속하지 않는 '나'는 어떤 청소년일까요? 그렇게 찾아낸 지금의 '나'는 내일의 '나'와 같을까요? 꼭 그래야 할까요?

청소년들이 나와 세계를 어떻게 규정하면 좋을지 고민해 보았으면 합니다. 여기 실린 작품들이 우리가 절대적이라 믿었던 가치들에 미세한 균열을 일으키거나 대전환을 가져와 결국, 내가 무엇이 될지 궁금해서라도 좀 더 살아 보고 싶어진다면 좋겠습니다.

사계절출판사 편집부

차례

선택

이선주

1

커피를 끓여서 부엌 식탁에 앉았는데 알람이 울렸다. 아마
메일일 것이다. 확인하기도 전에 미간이 찌푸려졌다. 방금 출
판사로부터 메일을 받은 직후였다. 내년에 출간하기로 한 장
편소설에 대한 피드백이었는데 정성스럽게 쓴 긴 글이었지만
결론은 하나였다. 고칠 부분이 많다는 것.

편집자의 피드백을 모두 받아들일 필요는 없지만, 작가는
자신이 쓴 이야기에 빠져 작품을 객관적으로 보기 어려운 것
도 사실이다. 냉정하게 바라본 전문가의 조언은 무시하기 힘
들다. 내가 의도한 바를 몰라준다는 투덜거림 뒤에는 실은 편
집자의 전문성을 신뢰하는 마음이 있었다. 그게 아니라면 피
드백을 받고 속상할 일도 없었다.

커피를 한 모금 마시고 메일을 확인했다.

[김선민 작가님_원고 청탁]

내가 살고 있는 도시의 시립도서관에서 온 원고 청탁 메일이었다. 일 년에 네 번 발행하는 기관지에 '작가의 유년 시절'이라는 주제로 싣는 글이었다. 기간도 넉넉했고 원고료도 적당했다. 이런 일에 뜸 들이는 성격이 아니라서 바로 수락 메일을 보내 놓고 보니, 날짜를 착각했다. 27일까지라고 하기에 당연히 다음 달이라고 생각했는데 이달이었다. 다른 작가가 펑크 낸 일이 아닐까 싶으면서도 그럼 또 어떠냐 하는 생각이 들었다.

다른 작가가 펑크 낸 작업을 한다고, 내 글이 내 글이 아닌 것도 아니니까.

글에 관해서 쓸데없는 자존심을 세우지 말자는 게 내 마음가짐이었다. 그런 걸 굳이 마음먹어야 한다는 것부터가 내가 알량한 자존심을 세우고 있다는 방증이기도 했다. 나는 왜 이럴까? 십 대의 어느 날, 불현듯 쓰는 사람이 되고 싶었다.

2

집엔 아무도 없었다. 아빠는 공무원이고 엄마는 보험 설계사였다. 언니는 고등학생이라 학원까지 갔다 집에 오면 아홉 시가 넘었다. 내가 학교를 마치고 집에 가면 아무도 없었다.

뮤직비디오가 계속 흘러나오는 엠넷을 틀어 놓고 소파에 누웠다. 학교에선 아무 일도 없었다. 드라마나 영화, 뉴스 속 십대는 다른 것 같았다. 십 대만이 아니라 세상도 그랬다. 외부에서는 끊임없이 어떤 일들이 일어나는데 내가 속한 세계는 고요했다. 진공 포장된 공간에 있는 듯했다. 드라마가 거짓말을 하나? 영화가 거짓말을 하나? 아니면 이건 몰래카메라인 걸까?

정말이지 그런 생각을 진지하게 했다. 그러다 보면 저녁이 됐다. 학원에 가는 날도, 아닌 날도 있었다. 엄마는 일곱 시가 넘어서야 들어와 밥상을 제대로 차려 먹는 날이 드물었다. 냉장고에서 반찬통을 꺼내 허겁지겁 먹기 일쑤였다.

내가 어떤 사람이 되고 싶은지, 어떤 사람이 될지는 몰랐지만 엄마처럼은 살고 싶지 않았다.

"놔둬, 이따 할 거니까."

엄마는 소파에 비스듬히 앉아 일일 연속극을 기다리고 있었다.

"엄만 꿈이 뭐였어?"

"꿈은 무슨……. 반찬 뚜껑만 닫아 놔."

엄마에겐 미안했지만 나는 엄마의 인생이 시시하게 느껴졌다. 낮엔 보험을 팔기 위해 사람들에게 아쉬운 소리를 하고 저녁엔 밥을 먹고 일일 연속극을 기다리는 삶이라니. 어떤 고유성도 없어 보였다.

열네 살의 나는 엄마를 보면서 인생을 산다고 느끼지 않았다. 견디는 것에 가까워 보였다.

3

원고 청탁에 이어 또다시 알람이 울렸다. 일은 몰려서 온다. [김선민 작가님 메일 주소 맞나요?]라는 메일이었다.

김선민 작가님 메일 주소 맞나요? 구글링해서 찾았는데 맞는지 모르겠네요. 작가님이 작년에 출간하신 『우연과 운명』을 읽었습니다.

두 줄 읽었을 뿐이지만 이분이 내 팬이라거나 책을 정말 재밌게 읽어서 보냈다는 느낌은 들지 않았다. 글에 성급함과 초조함이 묻어났다. 아니면 내 심리 상태 때문일 수도 있다. 적지 않은 수의 작품을 발표했지만 독자는 늘 두려운 존재였다.

저는 학부모 선도 위원으로 활동하고 있습니다. 작가님 책이 올해 저희 학교 '한 학기 한 책 읽기'에 선정되었다기에 읽기 시작했는데…….
읽다가 많이 놀랐습니다.
부모가 이혼을 한다면 말리는 게 정상인데 오히려 적극 권장하는 딸이라니요? 게다가 소설 속 선생님이 비혼을 선언하는 것도 좀 불편했습니다. 결혼을 안 할 수도 있지만 굳이 자라나는 아이들이 보는 청소년소설에서 마치 비혼이 좋은 것인 양, 세련된 것인 양 표현할 필요가 있을까요?

이 책을 읽은 아이들이 결혼에 대해 삐뚤어진 가치관을 갖게 될까 봐 걱정됩니다. 작가님도 그런 걸 의도하신 건 아니시죠? 저는 아닐 거라고 확신해요. 왜냐하면 아이들을 사랑하지 않는 건 아니실 거 아니에요? 누구보다 아이들을 사랑하니까 어린이 청소년 책을 쓰는 작가가 되신 거잖아요. 아닌가요?

앞으로는 자신의 글이 아이들에게 어떤 영향을 끼칠지 고민해 보셨으면 좋겠어요. 저는 그게 어른으로서의 책임감이라고 생각합니다.

간혹 재미없다, 시시하다, 별로다 하는 한 줄짜리 리뷰를 접한 적은 있지만 이런 리뷰(라고 할 수 있을지 모르지만)는 처음이었다. 솔직히 처음엔 피식 웃음이 나왔다. 어른으로서의 책임감이라니. 어떤 글을 써야 어른으로서의 책임을 다하는 거지? 그런 건 누가 판단하는 거지? 그러나 이내 손에 힘이 빠졌다. 나는 그대로 노트북을 닫았다. 내적 동요를 가라앉히기 위해 차분히 커피를 끓였다. 커피를 만들고 보니 좀 전에 끓여 놓은 커피가 보였다. 식은 커피는 싱크대에 쏟아 버렸다.

좀처럼 진정되지 않았다. 아이들을 사랑하니까 청소년 소설을 쓰게 됐다? 그건 위선이다. 그냥 청소년 소설을 쓰게 된 것뿐이다. 세상에 벌어지는 대부분의 일이 그렇듯이.

4

"엄마의 하루라니. 유치해."

국어 샘의 숙제였다. 엄마의 하루를 기록해 오는 거였다.

"결국 엄마의 마음을 이해하게 됐습니다, 그런 글을 바라는 거 아니야?"

일기 쓰기부터 백일장까지 어른들이 요구하는 글쓰기엔 공식이 있는 것 같았다. 쉽게 반성하고 깨닫는, 삶의 겉면만 훑는 이야기들. 미처 상처를 들여다보기도 전에 봉합해 버리는 글 같았다.

"넌 좋겠네."

교내 백일장에서 우연히 대상을 받은 후로 애들은 나를 글 잘 쓰는 애로 인지했다. 딱 한 번이고 그 뒤로 상을 받은 적이 없지만 각인은 무서운 것이었다. 스승의 날에 대표로 편지를 쓰라고 하질 않나 백일장이 열리면 무조건 추천부터 하고 봤다. 그럴수록 더는 글을 쓰고 싶지 않았다. 진짜 내 실력을 알면 애들이 실망할 것 같았다. 이런 기대를 한 번도 받아 본 적 없는 탓이었다.

"뭐래."

귀를 후벼 파는 듯한 제스처를 장난삼아 취했다. 겨우 세 시가 지났을 뿐인데 창밖이 어둑해졌다. 며칠 전부터 비가 온다는 일기 예보가 있었다. 번개가 치고 비가 후두둑 떨어지기 시작했다. 엄마는 이런 날에도 시골 구석구석을 돌아다니며

16

보험을 팔고 있겠지.

엄마의 하루라니. 아빠가 출근하는 시간에 맞춰 아침 식사를 준비해 놓고 언니와 나를 깨워 밥을 먹인다. 아빠와 우리가 차례로 집을 나서면 식탁을 대충 치운 뒤 엄마도 출근 준비를 한다. 이어 고객들을 만나고 계약을 하거나 못 하고, 다시 늦은 오후에 집에 돌아와 허겁지겁 저녁을 먹고 일일 연속극을 본다. 아홉 시 뉴스를 끝까지 보지 못한 채 소파에서 잠이 든다. 엄마 일어나, 하면 안 잔다 하고는 코를 곤다.

문득 새벽에 눈을 떠 거실로 나가 보면 엄마는 식탁에 멍하니 앉아 있었다. 엄마 뭐 해? 하고 물으면 얼른 잠이나 자, 했다. 아침에 눈을 뜨면 새벽의 일이 꼭 환영처럼 느껴졌다.

나는 엄마의 하루를 이미 다 알고 있는 것 같았다. 마지막엔 엄마가 우릴 위해 이렇게 고생하는 줄 몰랐다, 더 효도하겠다,라고 쓰면 될까?

나는 점수를 잘 받을 수 있는 글쓰기에 대해 생각했다. 열네 해를 살면서 한 번도 뭔가를 잘한다고 칭찬받았던 적이 없었다. 글쓰기가 유일했다. 백일장이야 여러 이유로 안 나간다고 하면 그만이었지만, 과제는 안 할 수 없었다. 이왕 해야 한다면 '글 잘 쓰는 애'라는 타이틀을 유지하고 싶었다. 그런 타이틀에 목맬 만큼 나는 별 볼 일 없는 애였다.

5

독자님 안녕하세요. 김선민 작가입니다.

제 메일 주소가 맞습니다. 책을 읽어 주셔서 감사합니다.

다만 독자님이 오해하는 부분에 관해서는 바로잡고 싶은 마음이 들어 용기를 내 답장드립니다.

여기까지 쓰고 보니 한숨이 나왔다. 독자는 내 책을 읽고 평가할 자격이 있다, 독자의 평가에 일일이 반응하지 않는다, 독자와 나의 세계관이 다를 뿐, 내가 틀린 건 아니다. 이런 생각을 아무리 해 봤자 위로가 되지 않았다.

누구보다 아이들을 사랑하니까 어린이 청소년 책을 쓰는 작가가 된 거 아니에요?

이 말이 귓가에 윙윙 맴돌았다. 회사를 사랑해서 회사원이 된 게 아닐 텐데, 왜 청소년 책을 쓰는 작가는 청소년을 사랑해서 작가가 된 거라 생각할까? 청소년을 사랑하지 않는 건 아니다. 그것과 청소년 소설을 쓰는 작가가 된 건 별개의 문제일 뿐이다. 그러나 이걸 설명해도 이해할 리 없으리란 절망과 함께 자기 작품에 대해 오해니 뭐니 하며 떠들어 대는 작가가 얼마나 볼품없는지를 떠올렸다.

안 쓰는 게 맞았다. 작가는 작품으로 말할 뿐이지, 작품에 대한 독자의 의견에 일일이 반박하는 건 절대 좋은 태도가 아니었다.

저는 청소년 소설과 동화 쓰는 일을 무척 사랑합니다. 일을 일로만 하고 싶지만 어느 순간 제가 생각한 것보다 더 깊이 빠져들었습니다. 글을 쓸 때만 느낄 수 있는 기쁨이 있다고 생각합니다. 김연아 선수에게는 피겨 스케이팅을 할 때만 느끼는 기쁨이, 손흥민 선수에게는 축구를 할 때만 느낄 수 있는 기쁨이 있는 것처럼요.

물론 이들처럼 이름만 대면 알 만한 대단한 사람은 못 되지만, 제가 하는 작업에 자부심을 가지고 해 나가고 있습니다. 그러나 그렇다고 해서 제가 청소년들을 사랑하고, 그들에게 뭔가를 가르치기 위해 글을 쓴다고 생각하시는 건 오해입니다. 청소년들을 사랑하지만 그건 같은 공간에서 살아가는 이웃에 대한 사랑이지, 특정 대상에 대한 사랑은 아닙니다.

독자님, 제 글을 읽고 아이들이 삐뚤어진 가치관을 갖게 될까 봐 걱정된다고 하며, 어른의 책임감에 대해서도 말씀하셨죠? 만약 제 글을 읽은 독자가 비혼으로 사는 것도 나쁘지 않구나 생각한다면 저는 무척 기쁠 것 같습니다.

안 쓰는 게 맞다고 생각하면서도 자꾸 변명하게 됐다. 이 마음을 해소하지 않으면 더 이상 글을 쓸 수 없을 것 같았다. 보낼지 말지는 이따 판단하더라도 일단 내 속마음을 꺼내 놔야만 여기서 벗어날 수 있을 것 같았다.

6

"참 내. 뭘 그렇게 대단한 글을 쓴다고."

글 잘 쓰는 법을 찾아보니 공통된 말이 몇 개 있었다. 그 가운데 하나가 디테일하게 쓰라는 것이었다. 내가 맞게 이해했다면, '밥을 먹었다'고 쓰기보단 '퇴근한 엄마가 옷도 갈아입지 못한 채 끓여 준 김치찌개를 먹었다'고 쓰는 것이었다. 그래서 떠올린 생각이 엄마의 하루를 따라가 보자는 것이었다.

"여덟 시에 나가야 하니까 일찍 깨웠다고 툴툴거리지나 마."

우린 지방 소도시에 살았지만 엄마가 주로 활동하는 곳은 할아버지 댁이 있는 시골이었다. 보험 일을 시작하자마자 할아버지 할머니 보험을 들어 드렸는데 옆집 사는 중년 부부가 자신들도 보험이 필요하다고 해서 설명해 준 게 시작이었다. 열 몇 가구밖에 살지 않는 작은 마을들을 찾아다니면서 영업을 했고 초반엔 실적도 꽤 좋았다. 그러나 지금은 그것도 경쟁이라고 했다.

"이거 다 가져갈 거야?"

뭐라도 쥐여 줘야 말이라도 붙이지,라고 엄마가 들릴 듯 말듯 이야기했다. 내가 중학교 시절엔 주 5일 근무가 아니었다. 토요일도 일하는 게 당연했다. 나는 대답도 하지 않고 방으로 들어가 문을 잠갔다.

문을 잠그고 한 일이라야 침대에 누워서 천장을 바라보는 게 다였다.

나는 같은 반의 누군가를 좋아하고 싶었다. 사랑에 빠지고 싶었다. 영화나 드라마에서처럼. 그런데 반 남자애들은 대부분 유치했다. 어린애 같았다. 저런 애들을 좋아하는 건 내 수준을 떨어뜨리는 일처럼 느껴져서 얼굴만 봐도 한숨이 푹푹 나왔다. 그 애들도 그럴 거라는 생각은 하지 못했다. 내가 세상의 주인공이 아니란 건 애초에 알았지만, 혹시나 하는 기대감을 아예 버리지는 못했다. 그 기대감이 지루한 하루를 견디게 했는지도 몰랐다.

엄마가 문 밖에서 "거 봐. 일어나지도 못할 걸 말은 하여간." 하며 혀를 끌끌 차는 소리가 들렸다. 마치 밤샘하다 잠깐 잠든 것처럼 눈이 뻑뻑했다. 넌 걱정 없겠네, 백일장 대상 글솜씨 한번 보자 하는 아이들 말이 귓가에 맴도는 것 같아 억지로 몸을 일으켰다.

방문을 나갔더니 엄마는 벌써 검정색 스판덱스 바지에 화려한 브로치가 달린 파란색 재킷을 입은 채 식탁에 서서 어젯밤 먹다 남은 호박설기를 먹고 있었다.

"가다 보면 배고프니까 얼른 입에 넣어."

나는 그대로 화장실로 가서 소변을 보고 세수를 하고 머리를 묶었다. 엄마는 호박설기를 비닐 팩에 쏟아 넣었다. 청바지에 모자가 달린 후드티를 입고 엄마를 따라 집을 나섰다.

가을 초입이라 날씨가 쌀쌀했다. 겉옷을 입고 올 걸 그랬나 하는 생각을 잠시 했다. 조수석에 앉아 창문에 머리를 기댔다. 엄마는 해도 뜨지 않은 아침 일찍 집을 나섰다, 그 모습을 보자 나를 위해 이렇게 고생하는구나 싶어서 마음이 아팠다, 효도해야겠다고 다짐했다 하는 문장을 머릿속에 떠올렸다.

한 시간 조금 넘게 달리자 시골 풍경이 보였다. 엄마는 마을 입구에 차를 세우더니 핸드폰을 들어 전화를 걸었다.

"나야. 아직 안 나갔지? 가는 길에 들렀어. 지난번에 일회용 장갑 다 떨어졌다고 하셔서 가져왔어. 지금 잠깐 들러도 될까? 아이 알지, 알지. 지금 딱 바쁠 때인 거. 저도 이따 갈 곳이 있어서 얼른 가 봐야 해요. 네네."

"약속 잡은 거 아니었어?"

"얘는. 누가 시간을 꽁으로 내줘."

약속을 잡아서인지 엄마 얼굴이 한결 환해졌다. 시동을 걸면서 콧노래를 불렀다. 약속 잡은 게 그렇게 대단한 일인가. 오 분도 되지 않아 전원주택 마당에 도착했다. 텃밭에 상추와 깻잎이 보였다. 엄마와 비슷한 연배의 아줌마, 아저씨가 흙이 묻은 옷을 입고 나설 준비를 하고 있었다.

엄마가 트렁크에서 일회용 장갑과 일회용 비닐봉지, 치약 묶음을 뭉텅이씩 집어서 보험 회사 이름이 쓰여 있는 종이봉투에 집어넣었다.

"부지런도 하셔."

엄마가 아줌마를 향해 말했다.

"한 번 나갔다가 들어온 거야."

"그러니까."

엄마가 아줌마 손을 이끌어 평상에 앉혔다. 아저씨는 멀뚱히 서 있다가 마당을 나갔다. 엄마는 종이봉투를 내밀면서 필요하면 언제든 말하라며, 아줌마 옆으로 더 바짝 다가갔다. 그러고는 대답할 틈도 주지 않고 곧바로 "생각해 봤어?" 하며 말을 이었다.

"이미 있는 걸 뭘 더 하라고."

"그건 종합 보험이고 암 보험은 따로 하나 더 넣어야 한다니까. 며칠 전에도 내가 2년 전인가 암 보험 들라고, 들라고 해서 겨우 3만 원짜리 하나 넣었던 사람이, 그래, 자기도 알 거야. 옆 마을 사는 김천댁. 암 걸렸다고 연락이 왔다니까. 그때 설득해 줘서 고맙다고 어찌나 감사 인사를 하는지. 인생은 모르는 거라니까."

아줌마는 거절에 익숙하지 않은 사람 같았다. 그에 반해 엄마는 완고했다. 마치 보험을 들지 않으면 바보라는 식으로 이야기를 해 나갔다. 나는 그 모습을 보는 게 괴로웠다. 엄마가 열심히 일하는 사람이 아니라 나쁜 사람처럼 느껴졌다. 필요도 없는 물건을 강매하는 사람처럼 말이다.

나는 마당을 나왔다. 우리 집이 그렇게 가난한가 생각했다.

아빠가 성실하게 일하지만 월급이 적다는 건 알았다. 공부 욕심이 많은 언니에게 다달이 꽤 많은 액수의 학원비가 들어간다는 것과 어디서 생겼는지 모르는 빚이 있다는 것도 알았다.

조금 있자니 엄마가 나를 부르는 소리가 들렸다. 다시 마당으로 들어서자 아줌마가 서류에 사인을 하고 있었다. 엄마가 서류를 파일함에 끼우고 자동차 문을 열었다. 나는 서둘러 조수석에 탔다.

"잘한 거야. 언젠가 나한테 고마워할 거라니까."

엄마의 말에 아줌마가 떨떠름하게 고개를 끄덕였다. 나는 아줌마와 눈을 마주치고 싶지 않아 고개를 살짝 돌렸다.

"돌아가면 열한 시 조금 넘겠네. 딱이다, 딱."

"딱?"

"한 군데 더 들를 데가 있어. 거기 갔다가 맛있는 거 사 먹자. 뜨끈한 칼국수나 아님 갈비탕 같은 거."

엄마 말에 대꾸하지 않았다. 조금씩 더워졌다. 두꺼운 후드티 말고 얇은 티셔츠에 겉옷을 입고 올 걸 그랬다는 후회가 들었다. 엄마도 파란 재킷을 벗었다. 검은색 티에 박혀 있는 큐빅이 햇살에 반짝였다.

엄마가 보험 계약을 성사시켰다,고 써야겠다고 생각했다.

세상에는 제발 부모가 이혼하길 바라는 아이들도 있고, 세상에는 비혼을 결심한 선생님도 있습니다. 독자님이 읽으셨을지 모르지만, 제 다른 책에는 성 소수자도 나옵니다. 제가 제 책에 성 소수자를 등장시킨 이유는 학생들로 하여금 성 소수자가 되라는 게 아니라(되라고 등 떠민다고 될 수도 없고요) 그저 세상에 성 소수자가 존재하기 때문입니다.

쓰다 보니 감정이 격해졌다. 독자와 싸우는 건 바보짓이다. 이런 메일을 보내면, 내가 유명한 작가가 아니라도 문제가 될 것이란 생각이 들었다. 그럼에도 몇 년 동안 작품 활동을 하면서 쌓였던 둑이 툭 터지는 것 같았다. 자신의 가치관과 맞지 않으면 잘못됐다고 말하는 사람들, 동화나 청소년 소설에는 정답이 있다고 말하는 사람들이 너무 많았다. 일부 독자가 아니었다. 그들은 내가 작가가 아니라 선동꾼이 되길 원했다. 당연히 그들이 원하는 선동은, 나의 가치관과 많이 달랐다.

7

5층짜리 연립 주택의 1층이었다. 안에서 텔레비전 소리가 흘러나왔다. 엄마가 초인종을 눌렀다. 갑자기 텔레비전 소리가 뚝 끊겼다. 엄마가 다시 초인종을 누르면서 "민영 씨, 오늘 보기로 했잖아. 문 좀 열어 줘요." 했다.

안에서 초등학생쯤 됐을 법한 아이들 떠드는 소리가 들렸다가 끊겼다.

"약속한 거 맞아?"

내가 묻자 엄마는 "사람을 몇 번이나 허탕 치게 하고. 내가 오늘도 그냥 가나 봐라." 단호한 표정을 지었다.

"사람이 정말 왜 그래? 보험 들어 준다고 해서 어? 보험 가입자한테만 나가는 치약이며 마트 상품권, 식용유에 밀가루까지 다 줬더니, 사람을 몇 번이나 허탕 치게 하는 거야? 어?"

엄마의 목소리가 점점 높아졌다. 옆집 사람이 들으면 어쩌지 하는 생각에 가슴이 조마조마했다. 안에서는 여전히 아무 소리도 들리지 않았다. 엄마는 계속해서 초인종을 눌렀다. 땡동. 땡동. 땡동. 땡동. 몇 분 지났을 뿐인데 몇십 분이 지난 기분이었다.

"나 오늘은 절대 그냥 안 갈 거야. 이따 열두 시에 일 나가지? 그때도 안 나오나 보자. 사람이 양심이 있어야지, 양심이."

그때 문이 확 열렸다. 안에는 엄마보다 열 살은 어려 보이는 아줌마가 화난 얼굴로 서 있었다.

"제가 언제 보험 든다고 했어요? 궁금해서 몇 가지 물어봤을 뿐인데 멋대로 이것저것 챙겨 준 사람이 누군데."

아줌마가 엄마를 노려봤다.

"보험 안 들 거라고 했는데도 내가 억지로 챙겨 줬어? 선물 줄 때면 마치 바로 사인할 것처럼 알랑거리다 받을 만큼 받고 나니까 이젠 문도 안 열어? 사람이 양심이 있어야지."

아줌마가 나를 위아래로 훑어보더니 입꼬리를 살짝 올리고는 다시 안으로 들어갔다. 그러더니 화장지며 일회용 비닐장갑, 쓰다 만 치약, 반쯤 남은 식용유 등을 가지고 나와서는 엄마 앞에 들이밀었다.

"그렇게 아까우면 그냥 가져가세요. 추잡스러워서, 원."

엄마 얼굴이 파르르, 미세하게 떨렸다. 나는 그만 집에 가고 싶었다. 그깟 보험 하나 더 계약하는 데 목숨을 거는 게 이해되지 않았다. 엄마의 팔소매를 잡아끌었다. 엄마는 입을 크게 벌렸다가 나를 보더니 한숨을 내쉬었다. 그사이 아줌마가 문을 쾅 소리 나게 닫았다. 엄마는 철제 현관문 앞에 오랫동안 서 있었다.

겨우 차로 돌아왔다. 조수석에 앉아 엄마를 재촉하는데 엄마가 시동을 걸다가 말았다.

"기다려 봐."

자동차에서 내린 엄마는 트렁크 쪽으로 가 뭔가를 주섬주섬 꺼냈다. 나는 엄마가 뭘 하려는지 짐작이 가기도 했고 가지 않기도 했다. 결코 알고 싶지 않았다. 눈을 감았다.

세상에 자기 작품을 읽고 독자들이 삐뚤어진 가치관을 갖길 원하는 작가가 있을까요? 결과적으로 그렇게 되었다 하더라도 작가의 의도는 그게 아니었을 거라고 생각합니다. 그러나 한편으론 자기 작품을 읽고 독자들이 올바른 가치관을 갖길 원하는 작가도 없을 거라고 생각합니다. 선동이란 목적을 가진 작품이 아니라면요.

이해하실지 모르겠지만, 저는 그저 쓰고 싶은 이야기를 씁니다. 제가 쓰고 싶어서 쓴 이야기가 세상에 어떤 영향을 끼칠지는 솔직히 생각하지 않습니다.

저는 그저 제가 본 걸 정직하게 쓰고 싶어요. 소설 자체가 꾸며 낸 이야기인데 정직하게 쓴다는 게 이상하게 느껴질 수도 있겠지만, 저는 제가 보고 느낀 세계를 최대한 정직하게 쓰고 싶을 뿐입니다.

엄마는 자식을 위해 희생하는 사람이라고 쓰는 대신 보험 계약을 한 건이라도 더 따내는 데 혈안이 돼 남에게 강매를 하고 모욕을 당하는 사람이라고 말이에요. 계약을 한 건이라도 더 따내려는 악착같은 마음에는 자식을 위한 마음도 분명 있지만 무엇으로도 자신을 증명할 수 없던 중년 여성의 자기 증명도 있다는 걸요.

제 책에 나오는 이들은 모두 어떤 식으로든 자신을 증명하려고 합니다. 설사 그게 부모에게 이혼을 하라고 소리치는 행동이라도요.

8

엄마는 집에 들어오자마자 부엌에 선 채로 식탁에 놓인 과자를 집어 먹었다. 시간은 열두 시를 훌쩍 넘어가고 있었다.

"뭐 시켜 먹을까? 짜장면?"

나는 고개를 흔들면서 방으로 들어갔다. 침대에 누워 아까 본 장면을 떠올렸다. 엄마는 트렁크에서 일회용 장갑과 치약 같은 사은품을 잔뜩 챙겨 다시 그 집으로 갔다. 나는 멀리서 그 모습을 지켜봤다. 당장이라도 초인종을 누르고 사은품을 집어 던질 기세였던 엄마가 뒤를 돌아보았다. 나는 눈을 질끈 감았다.

몇 분이나 지났을까. 엄마가 자동차로 돌아와 시동을 켰다. 그러곤 아무렇지 않게 말했다.

"가자, 배고프다."

나는 울고 싶지 않았는데 자꾸 눈물이 나올 것만 같았다. 입술을 세게 깨물어서 비릿한 맛이 났다. 나는 사는 게 참 슬픈 일이라는 생각을 했던 것 같다. 솔직히 그때 내가 어떤 생각을 했는지 정확히 기억나지 않는다. 다만 세상이 온통 얼룩져 보였던 것만은 정확히 기억난다.

그대로 잠이 들었다. 화들짝 놀라서 눈을 뜨니 오후 세 시를 넘어가고 있었다. 엄마는 소파에서 자고 있었다. 텔레비전에선 주중에 했던 일일 연속극이 재방송되고 있었다.

"어머님 도대체 저한테 왜 그러세요? 민석 씨가 바람피운 것도 제 잘못이라는 거예요? 저는요, 할 만큼 했어요."

이런 대사가 흘러나오고 있었다. 코 고는 소리가 조금씩 커졌다. 엄마는 자기 콧소리에 놀라 눈을 떴다가 이내 다시 잠에 빠져들었다. 식탁에는 먹다 만 반찬통이 널브러져 있었다.

밥솥을 열었다. 오랫동안 보온 상태로 있어서인지 밥알이 말라 있었다. 공기에 밥을 한가득 퍼서 식탁에 앉았다.

엄마는 내가 알던 사람이 아니었다.

불현듯, 첫 문장은 이렇게 시작해야겠다는 생각이 들었다.

나는 밥을 입에 욱여넣었다. 엄마가 악착같은 면이 있다고 생각한 적은 있지만 아까처럼 우악스러울 거라 생각한 적은 없었다.

엄마에 대해 모른다는 걸 고백하지 않으면 이야기가 진행되지 않으리란 사실이 명확했다. 식탁에 놓인 리모컨으로 텔레비전을 끄자 안 잔다, 하는 목소리가 들려왔다. 다시 켜라는 말은 없었다.

내가 아는 엄마는 여기에 없었다.

세상에는 계몽시키기 위한 글도 필요하겠죠. 그러나 제가 쓰고 싶은 글은 그런 글이 아닙니다. 오죽하면 부모가 이혼하길 바랄까요. 그런 바람을 가진 아이의 마음을 조심스레 들여다보고 싶어요. 남자가 여자를 좋아하고, 여자가 남자를 좋아하는 게 정상이라는데 그럼 나는 정상이 아닌 걸까? 하고 고민하는 아이를 밖으로 불러내고 싶어요.

무엇보다 우리가 뭉뚱그려 '아줌마'라고, '학생'이라고 명명하는 대상들에게 고유성을 부여하고 싶습니다.

당연히 메일은 보내지 않았다. 임시 저장할 거냐는 문구가 떴다. '아니오'를 선택했다. 결국 글로 보여 줘야 할 말들이었다. 글로 보여 주지 못했다면 이는 곧 글의 실패고, 나의 실패였다.

그리고 어떤 독자와는 영원히 평행선을 달릴 수밖에 없다는 것 역시 받아들여야 했다. 그게 실패라면, 실패를 선택하겠다는 게 작가로서의 나의 다짐이었다.

9

"……엄마는 사은품을 가득 안기며 보험을 들라고 했고, 모욕을 주기도, 받기도 했다. 엄마는 좋은 사람도, 나쁜 사람도 아니고 그저 보험 계약을 하나라도 더 따내기 위해 전전긍긍하는 약한 사람이었다. 엄마가 트렁크에서 사은품을 꺼내서 도로 갔다가, 나를 발견하고는 차마 초인종을 누르지 못했을 땐 내가 엄마의 족쇄같이 느껴졌다. 엄마도 그런 인생을 살고 싶지는 않았을 것이다. 내가 엄마처럼 살고 싶지 않은 것처럼. 나는 이제 엄마의 인생에 대해 함부로 평가할 수 없을 것 같다. 왜냐하면 파르르 떨며 문을 두드리다 나와 눈이 마주쳤던 순간의 엄마 눈빛이 자꾸 떠오르니까."

발표를 마치고 자리에 앉았다. 선생님도 아이들도 반응이 없었다. 좀 전에 다른 아이가 발표를 끝냈을 때와는 전혀 다른 반응이었다. 웃음도, 야유도, 박수도 없었다. 선생님의 평가를 받기도 전에 불현듯 글을 쓰는 사람이 되어야겠다는 생각을 했다.

그건 내가 처음으로 가져 본 꿈이었다. 한국인이나 여자, 서민 가정의 둘째 같은 태어나면서부터 주어진 것과는 달랐다. 내가 선택한 거였다. 나는 글을 쓰는 일이 상처를 건드리는 일이라는 것을 그때 알아챈 것 같다.

아이들이 서로 떠드는 소리가 들렸다. 혜정이가 나를 툭툭 치더니 "엄마한테 허락 받았어? 글이 좀 무서워."라고 했다. 어떤 부분이 무서운지 묻기도 전에 선생님이 입을 열었다.

"선생님도 엄마처럼은 살고 싶지 않았는데, 지금 돌아보면 어떻게 그렇게 살았나 싶어. 선민이 글을 들으니 엄마 생각이 나네."

수행 평가 점수는 아무래도 상관없었다. 아이들이 백일장에서 받은 대상이 운이었다는 걸 알아챘다고 해도 말이다.

단편 소설로 신춘문예에 도전했지만 떨어졌다. 다음 해에 친구가 소개해 준 청소년문학상에 응모했는데 당선됐다. 처음 써 본 청소년 소설이었다. 다시 성인 소설을 써야지 생각했는데 기회가 와도 쓰지 못했다. 맞지 않는 옷을 입은 기분이었다. 그 후로 줄곧 동화와 청소년 소설을 쓰고 있다.

나는 어떤 마음으로 쓰고 있을까? 그러다 여태껏 내가 독자에 대해 전혀 생각하지 않았음을 깨달았다. 수행 평가 점수를 잘 받기 위해 쓰려고 했던 글이 내 목덜미를 잡아채고 나를 질질 끌고 갔을 때부터.

내 마음을 들여다보고 싶어서, 그 시절의 나를 위로하고 싶어서, 내가 존재한다는 사실을 증명하고 싶어서 글을 썼다. 내가 진실이라고 믿는 걸 썼다.

열네 살, 엄마에 대해 글을 쓴 시점으로부터 나는 얼마나 멀어졌고 또 가까워졌을까. 글을 쓸 때면 그 시절의 나를 만나는 기분이 든다. 어떤 사람이 되어야겠다고 스스로 선택한 그때의 나를. 만약 그때 다른 선택을 했다면, 지금과 달라졌을까? 여러 갈래의 길 중에 내가 선택한 길 위에 서 있다.

이선주 어떤 글을 써도 겉도는 기분이었다. 이런 이야기를 하고 싶은 게 아니라는 답답함. 결국 엎고 다시 쓰는 과정에서 불현듯 이 이야기를 떠올렸다. 마치 기다리고 있었다는 듯이 이틀 만에 초고를 끝냈다. 토해 내듯 쓴 느낌이었다. 십 대 시절의 어느 날, 나는 이 세계가 기쁨과 친절, 충만함만이 아닌 모욕과 슬픔으로 이뤄졌다는 걸 알아챘다. 삶의 앞모습이 아닌 뒷모습을 본 순간, 나는 원치 않은 성장을 해 버렸다. 대부분의 어른들이 성장한 사람들이 아니라 성장해 버린 사람들이란 사실 또한 그때 알았던 것 같다. 위로하는 마음으로 썼다.

모로의 내일

최영희

1

모로네 반만 해도 벌써 세 명째였다.

이틀 전에는 오가영이 길 가던 대학생 언니의 가방을 낚아
채 책을 훔치려다가 파출소로 끌려갔고, 어제는 반장 권현채
가 동네 아저씨에게 달려들어 양말을 벗기고는 칼로 양말을
찢으려다가 잡혀갔다. 그리고 오늘은 신발을 품에 안고 가던
홍주연이 신발을 신고 가지 그러냐고 충고하는 행인을 떠밀
었다가 마침 근처에서 신호 대기 중이던 순찰차에 실려 갔다.

"수상해. 뭔가 잘못됐어."

문모로는 친구들의 빈자리를 일별하며 고개를 치켜들었다.
그리고는 검지로 턱 아래 정중앙의 약간 거칠거칠한 부위를
더듬었다. 새끼손톱 크기의 거뭇한 흉터가 남아 있는 부위였

다. 몇 주 전에 열흘 내리 밤샘 게임을 하다가 대상포진에 걸렸던 흔적이었다. 의사 말로는 피로와 스트레스가 원인이며, 최근 들어 성인들뿐 아니라 중고등학생들도 많이 걸리는 병이라 했다. 당시 엄마는 의사가 보는 앞에서 모로의 등을 쥐어박았다.

"남들은 공부하느라 피곤해서 걸리는 병을 너는 밤새 게임이나 하다가 걸리고, 잘하는 짓이다! 이거 흉 지면 어떡할 거야? 그것도 여자애 얼굴에! 무슨 게임을 죽기 살기로 해? 게임해서 나라라도 구하니?"

평소 엄마는 권위적이고 케케묵은 발언들을 일삼아 왔는데 그래도 가끔씩은 자신도 모르게 진실을 건드릴 때가 있었다. 그랬다. 당시 모로는 나라를 구하는 심정으로 게임에 임했던 것이다. 게임 자체는 단순하고 중독성도 없었다. 맵을 따라가며 지령대로 보물을 찾으면 끝이었다. 하지만 중국인 유저들이 한복과 갓을 자기네 전통 복식이라 우기는 사태가 발발하였고, 그때부터 게임은 한낱 보물찾기가 아니라 온갖 영어 욕이 난무하는 전쟁터로 돌변했다. 턱 밑에 찌릿찌릿한 통증을 동반한 수포가 생길 때까지 모로 역시 혼신의 힘을 다해 전쟁에 참여했던 터다.

아무튼 열흘 동안 이어진 밤샘 전쟁은 대상포진이라는 결과를 낳았고, 이 사건은 모로 인생에 중대한 영향을 끼치게 되었다. 턱 아래 흉터는 문모로 '인생 스팟'이었다. 그곳을 만

지면 평소에는 꺼져 있던 인과의 뇌가 부활했다. 모든 사건의 배후에는 원인이 있다는 인생철학이 되살아나는 것이었다. 세상은 원인과 결과에 따라 이 얼마나 조직적으로 돌아가느냔 말이다.

모로는 흉터를 살살 건드리며 요 며칠 학교를 뒤숭숭하게 만든 사건들을 곱씹었다. 평소 멀쩡하던 애들이 발작하듯 난동을 부리다가 경찰서로 끌려갔고, 그 사건들에는 분명 원인이 있을 터였다.

먼저 오가영.

가영이를 한마디로 정의할 단어를 찾는다면 무해함이었다. 뷰티 인플루언서가 꿈인 가영이는 자기 자신과 (오가영 기준에서) 예쁜 뷰티 유튜버들만 사랑하는 아이였다. 그 나머지 세계는 가영이의 관심 밖이었다. 실제로 오가영은 같은 반 아이들 얼굴과 이름조차 기억해 두지 않았다. 어쩌다 복도나 급식실에서 같은 반 아이들이 말을 걸면 '네가 누구더라' 하는 얼굴로 쳐다보곤 했다. 남의 물건이나 외모를 부러워하는 타입도 아니었다. 녀석은 그저 자기 세계에만 열중하는 무해한 아이였다. 그런 오가영이 대학생 언니의 가방을 낚아챘다는 것도 이상하고 특히나 책을 훔치려 했다니! 오가영의 세계에서 책이란 휴대용 거울을 세울 때 빼고는 쓸모라곤 없는 것이었다.

그리고 반장 권현채.

사실 모로가 이 사건에 관심을 품게 된 것도 권현채 때문이었다. 녀석은 모로가 적당한 날을 골라서 고백을 하려고 점찍어 둔 아이였다. 현채는 가끔씩 두툼한 안경을 벗고 눈을 비비며 웃곤 하였는데, 그때마다 모로는 녀석이 너무 귀여워서 괜히 앞에 앉은 홍주연의 등을 두들겨 댔다. 모로는 그 모습을 자기만 보고 싶어서, 오가며 현채를 세뇌시키는 중이었다.

"반장아, 열일곱 살에 뿔테가 너처럼 잘 어울리는 사람은 세상 어디서도 본 적이 없다. 거의 신체 일부 같다고나 할까? 그러니까 안경을 영원히 쓰고 있도록 해. 남들 앞에서는 절대 벗지 마, 알았지?"

현채는 모로에게 무관심한 편이라 작전은 먹혀 들지 않았고, 녀석은 부주의하게도 아무 데서나 안경을 벗고 눈을 문지르며 웃었다.

모로의 개인적인 애착이나 주관적인 평가를 떠나서도 권현채는 선생들이나 모로 엄마, 입학 사정관들이 좋아할 만한 소양을 두루 갖춘 아이였다. 늘 예의가 바르고 성품이 온화하고 침착했으며, 반장 노릇을 하기 위해 태어난 것처럼 책임감도 강했다. 그런 권현채가 동네 아저씨에게 달려들어 양말을 벗기려 했다는 게 어딘가 석연치 않았다. 게다가 양말을 칼로 찢으려 했다는 건 더더구나 납득하기 힘든 일이었다.

마지막으로 홍주연.

주연이 역시 폭력과는 거리가 먼 아이였다. 모로는 현채가 귀여워 보이거나, 황당한 뉴스를 봤거나, 전날 밤 학원에서 들었던 우스갯소리가 갑자기 생각났거나 하는 별의별 이유로 앞자리에 앉은 주연이 등을 두들기곤 하였는데, 그럴 때에도 주연이는 보송보송한 얼굴로 웃기만 했다. 오죽하면 별명이 솜주연이겠는가. 단언컨대 홍주연은 파리 한 마리도 못 죽이는 녀석이었다.

그런 녀석이 행인을 떠밀다가 경찰차에 실려 갔다니, 모로는 믿기지가 않았다. 그리고 폭력 사태가 있기 전의 상황도 이해하기 힘들었다. 오늘 아침은 경기 북부 일대에 한파주의보가 내려진 상태였고, 실제로 등교 시간대의 수은주는 영하 십 도를 밑돌았다. 그런데 주연이는 신발을 벗어서 품에 안고 있었다고 했다. 대체 왜?

세 사건 모두 모로가 경험적으로 알고 있는 일상과는 괴리가 있었다.

"원인을 찾아야 돼. 녀석들을 그런 상황으로 몰아간 뭔가가 있을 거야. 협박이라거나."

그때였다.

담임이 모로의 책상을 톡톡 두드린 다음 손끝으로 턱을 긁는 시늉을 해 보였다.

"이제 다 긁었어? 혼잣말도 끝난 거지? 조회 좀 시작해도 될까?"

2

"그러니까 네 생각엔 가영이랑, 현채, 주연이가 무슨 협박 같은 걸 당하고 있을지도 모른단 거지?"

1교시 쉬는 시간, 담임이 교무실 캐비닛과 씨름을 하며 되물었다. 종이컵과 티백, 인스턴트커피 따위를 보관하는 철제 캐비닛은 문짝이 뻑뻑해서 저렇게 한번씩 애를 먹일 때가 있었다.

"꼭 협박이라는 게 아니라 외부적인 원인이 있을 수도 있다는 거죠. 걔들이 어떤 애들인지는 샘도 잘 아시잖아요. 이 문짝도 경첩 쪽이 아니라 손잡이 쪽으로 무게가 쏠려 있어서 이런 거잖아요. 수평이 안 맞는 걸 무작정 잡아당긴다고 열릴 리가 없잖아요."

모로는 담임을 옆으로 밀어내고는 캐비닛 손잡이를 잡았다. 사실 캐비닛 문짝 이야기는 교무실 청소 당번일 때 통합사회 선생한테 들었던 이야기를 그대로 읊은 것이었다.

"이렇게 문을 들어 올린 다음 당겨야죠. 하다못해 이런 문짝 하나가 말썽인 데도 다 이유가 있는 법인데 오가영, 권현채, 홍주연 같은 애들이 아무 이유 없이 폭력 사건에 연루됐겠어요?"

"그래서 원하는 게 뭔데, 문모로."

담임이 캐비닛에서 인스턴트커피를 꺼내며 물었다.

"도와주세요, 샘. 원인을 찾아야죠. 다른 반에서도 비슷한 사건들이 있었다면서요? 지금 수업이나 공부 그런 게 문제가 아니잖아요. 뭔가 무작위적으로 일이 벌어지고 있다고요. 내일은 또 어떤 사고가 터질지 모르는 거라고요."

"그게 다니?"

"원인이 밝혀지지 않은 일보다 찜찜한 건 없잖아요. 다음 차례는 저일 수도 있으니까요. 그리고 애들도 걱정되고요."

그중에서도 권현채가 집중적으로 걱정된다는 말은 차마 보탤 수가 없었다.

하지만 담임은 휘휘 손을 내저을 뿐이었다.

그날 저녁 모로보다 먼저 '원인'에 대한 가능성을 들고 나온 사람이 있었다.

최근 고양시에 개원한 '은쪽이 상담소'의 공동 대표 중 한 명인 정신과 의사였다. 의사는 성장기의 혼란과 정서적 고립감을 스마트폰과 SNS, 게임 등으로 해소하는 청소년들이 감정 컨트롤에 어려움을 느끼고, 돌발적인 폭력을 휘두르는 사례가 급증하고 있다고 했다.

앵커는 의사의 말을 잠시 끊고 최근 벌어진 사건들을 소개했다. 그중 하나가 고양시 N고등학교 K군의 양말 사건이었다. 권현채가 유력 공영 방송 저녁 뉴스에 진출하는 순간이었다. 모로가 확인한 바로는 현채가 양말을 찢으려고 꺼내 들었던 칼은 평소 녀석이 필통에 넣어 다니던 주황색 당근 모양 미니 연필 칼이었다. 하지만 앵커는 구체적인 정황들은 다 자르고

'고1 학생이 사십 대 남성에게 칼을 휘둘렀다'고만 했다. 자극적인 표현에 앵커의 우려 섞인 음성까지 더해져서 그런지, 권현채가 무슨 전기톱이나 마체테를 휘둘러 댄 느낌이었다.

화면은 다시 의사의 집무실로 바뀌었고, 의사는 영문 표지로 된 두툼한 책들이 잔뜩 꽂혀 있는 책장을 배경으로 진지하다 못해 비장한 얼굴로 말을 매조지었다.

"사실 스마트폰 중독에서 비롯된 청소년 문제는 어제오늘일이 아니었지만 최근에는 그 폭력적 양상이 초등학교, 유치원으로도 확산되고 있습니다. 광범위하고 정책적인 접근이 필요한 시점입니다."

모로는 콧방귀를 뀌었다. 언제 적 스마트폰 중독 얘기야. 하나 마나 한 소리만 늘어놓을 거면 저렇게 어려운 책은 뭐 하러 읽었대? 관련 뉴스 댓글 창들은 십 대들에 대한 성토장으로 변해 버렸다. 모로는 갑갑했다. 지금 필요한 건 의사들의 개인 소견이 아니었다. 그런 사건들이 일어나도록 몰아간, 실체적 원인을 찾아내는 것이었다.

담임에게 연락이 온 건 영어 학원을 마치고 집으로 갈 때였다. 요즘 사태에 대해 할 얘기가 생겼으니 학교 근처 중앙 공원에서 좀 보자는 것이었다.

"추운 데서 보자 그래서 미안해. 카페들은 거의 파장 분위기고 문을 연 데는 술집밖에 없더라고."

화장기 없는 얼굴에 뿔테 안경, 검정 롱패딩. 담임은 좀 전에 일어나 편의점으로 첫 끼니를 사러 나온 동네 백수 언니 같았다.

"샘, 뿔테 안경 쓰셨네요."

모로는 현채를 생각하고 있었다. 방과 후에만 세 차례 문자를 보냈지만 녀석에게선 답이 없었다. 모르긴 몰라도 녀석은 자책에 빠져 있을 터였다. 어쩌면 고양시 N고등학교 K군의 양말 사건이 거론된 저녁 뉴스를 보고 몸져누웠을지도 몰랐다.

담임과 모로는 공원 가장자리 벤치에 나란히 앉았다.

"실은 우리 조카도 사고를 쳤어. 어제 언니한테 전화가 왔더라고."

"샘 조카도 길에서 난동을 부렸대요?"

"아니. 우리 조카, 아직 애기야. 다섯 살."

"네? 다섯 살짜리가 무슨 사고를 쳐요?"

"어린이집 조리실에 몰래 들어가서 칼을 가지고 나왔대. 뭘 잘라야 한다면서 칼을 휘두르다가 제 손도 베이고 근처에 있던 친구는 옷이 찢어졌다나 봐."

"이건 그냥 물어보는 건데, 샘 조카 스마트폰 안 쓰죠?"

"스마트폰은 무슨. 우리 언니가 깐깐한 구석이 있어서 그 흔한 유튜브 방송도 안 보여 주고 키웠는데. 조카 말로는 조리실 아주머니가 시켰다더라고."

"칼을 쥐라고 시켰다고요?"

"칼 얘기는 없었고 뭘 자르라고 시켰다는데, CCTV를 돌려 봐도 조카랑 조리실 아주머니 둘만 있거나, 따로 뭘 이야기하는 장면은 없었어."

담임의 조카 말고는 그 얘기를 들었다는 아이도 없었고, 조카를 비롯한 아이들이 충격을 받은 상태라 뭘 더 캐물을 수도 없었다고 했다.

"그런데 우리 조카랑 유사한 일이 다른 데서도 있었던 것 같아."

담임은 휴대폰으로 교사 커뮤니티에 올라온 글을 보여 주었다. 게시글 작성자네 반 학생 하나가 학교 돌바닥에 머리를 박고 자해를 했다는 내용이었다. 보건 선생이 응급 처치를 해 준 뒤 이유를 묻자 자기가 담임 선생님의 그림자를 밟았다며 괴로워하더라는 내용이었다. 그림자를 밟는 게 뭔 대수냐고 보건 선생이 되묻자 '지나가던 선생의 그림자도 밟아서는 안 된다'고 세계사 선생이 그랬다는 것이었다. 보건 선생에게 이 이야기를 전해 들은 게시글 작성자가 곧장 세계사 선생을 찾아갔지만 그는 학생과 따로 이야기한 적이 없다고 했다. 심지어 사건 당일에도 그 전날에도 그 학생네 반은 세계사 수업이 없었다.

"샘 조카 일이랑 기승전결이 비슷하네요."

"이게 다 뭔 일일까, 문모로."

모로는 검지로 턱 아래에 난 흉터를 더듬었다. 담임 조카의 말은 사실이었을 가능성이 컸다. 다만 어떤 일이 벌어진 건지

본인도 모르기 때문에 정확한 언어로 전달하지 못했을 것이다. 바닥에 머리를 찧고 자해를 했다는 그 학생 또한.

3

"너는 나 믿어 주는 거 맞지? 어떡해, 나 감동……."

오가영은 아파트 복도가 쩌렁쩌렁하도록 울어 댔다. 딴에는 마음고생을 했는지 얼굴도 거칠했다.

"이렇게 나 보러 와 줘서 너무 고마워. 어…… 그러니까 친구야!"

오가영은 아직 모로의 이름을 모르는 눈치였다.

모로는 오가영을 진정시킨 뒤 아파트 계단에 자리를 잡았다. 혹시 대학생 언니의 가방을 빼앗기 전에 누가 그 일을 하라고 시켰느냐고 묻자 오가영은 두 손으로 제 입을 가렸다.

"그걸 어떻게 알았어? 나 아무한테도 말 안 한 건데."

"왜 말 안 했어?"

"무슨 환청 같잖아. 나라도 그런 얘기를 들으면 쟤는 환청이 들리나 보다, 할 거야. 악마의 속삭임을 듣고 범죄를 저지르는 거, 영화에서는 재미있는 설정이지만 내가 그런 사람으로 오해받는 건 싫어."

"네가 들었다는 목소리 어땠어? 누구 목소리였는지 짐작 가는 사람 있어?"

길을 지나던 아주머니였다고 했다. 눈이 부리부리한 아주머니가 사람을 아래위로 기분 나쁘게 훑어봐서 똑똑히 기억하고 있다는 것이었다. 다행히 오가영은, 본인 말대로라면 아주머니의 말을 토씨 하나 안 거르고 읊을 수 있다고 했다.

"전에 연기 학원을 다녀서 그런가, 나 대사는 끝내주게 잘 외우거든."

오가영은 헛기침을 두어 번 하고는 그 목소리를 재연했다.

"저, 저, 한심해 빠진 꼴 좀 보소. 내가 학교 다닐 때는 말이야, 거울 들여다볼 새가 어딨어? 어머니 아부지 일 도와 드리고, 동생 놈들 코 닦아 주고, 남는 시간에는 그냥 책만 팠지. 밑줄을 두 번 세 번 박박 긋고, 나중에는 아주 씹어 먹을 기세로 공부만 했다고."

"그게 다야?"

"응."

"그때 너는 거울을 보는 중이었고?"

"거울은 아니고 셀피를 찍고 있었지. 팥차가 진짜 붓기 빼는 데 도움이 되는지 보려고 아침마다 한 잔씩 마시고 한 시간쯤 후에 셀피 찍어서 인스타에 올리거든."

"말만 들어서는 딱히 아주머니가 너한테 뭘 시킨 것 같진 않은데?"

"나도 그게 진짜 이상하다니까. 분명히 뭘 어떻게 하라는 말은 없었는데 그 소리를 듣는 순간 정말로 책에 줄을 박박 긋고 책장을 씹어 먹어야 될 것 같은 거야. 당장 그 일을 하지 않으면 큰일이 날 것 같고."

"그럼 그때 책을 찢으려고 했던 게 설마⋯⋯."

"응. 먹으려고 그랬던 건데, 입에 쑤셔 넣기 전에 대학생 언니가 나를 깔아뭉개 가지고⋯⋯."

모로는 오가영을 들여보낸 뒤 담임에게 간략한 보고를 했다. 마음 같아선 권현채와 홍주연도 만나 보고 싶었지만 둘은 종일 연락이 되질 않았다.

다음 날 아침 뉴스에는 '환청을 동반한 집단 발작 증세'라는 표현이 등장했다. 어느 대학 교수라는 심리학자는 청소년들이 폭력의 경험을 영웅담처럼 공유하면서 벌어진, 집단 모방 해프닝이라는 진단을 내놓았다. 앵커는 그 어느 때보다 가정 교육에 신경을 써야 할 때라는 멘트로 관련 뉴스를 마무리했다. 모로는 담임의 조카를 떠올리며 한숨을 쉬었다. 그 아이야말로 심리학자들과 언론이 헛다리를 짚고 있다는 산 증거였다.

1교시 담임 시간은 자율 학습으로 대체되었다. 가정 학습 신청자와 결석생이 속출하여 반 이상이 빈자리였던 것이다. 분위기가 뒤숭숭한 와중에 황민우가 코에 반창고를 붙이고 등장했다. 담임이 지각 사유를 묻자 녀석은 애매한 답변을 내놓았다.

"어떤 사람 때문에 다쳤는데 그게 또⋯⋯ 그 사람 탓은 또 아니에요."

황민우는 원래 엄살이 심한 편이었다. 교과서를 넘기다가 손이라도 베이면 어디 동맥이라도 끊어진 것처럼 손을 부여잡고 보건실로 달려가는 아이였다. 그런 황민우가 코를 다친 경위를 뜨뜻미지근하게 설명하는 게 이상했다.

가능성은 세 가지였다. 가해자의 신상을 밝히고 싶지 않거나, 신상을 밝히면 불이익을 당하는 경우거나, 아니면 황민우 자신도 왜 그런 사고가 벌어졌는지 제대로 이해를 못 했거나.

쉬는 시간에 황민우가 털어놓은 이야기는 실로 놀라운 것이었다.

"암만 해도 아버지가 염력으로 나를 조종한 것 같아."

오늘 아침, 그러니까 사건 발생 직전에 황민우는 세상모르고 자고 있던 터였다. 그런데 잠결에 아버지 목소리가 들리더라는 것이었다. 황민우는 아버지가 퇴근하셨나 싶어 대수롭지 않게 다시 잠을 청했다.(터널 관리 사무소에서 근무하는 황민우의 아버지는 교대 근무를 해 아침에 퇴근하는 일이 흔하다 했다.) 하지만 몇 초 뒤, 황민우는 이불을 박차고 일어났다. 당장 뛰어나와서 코가 땅에 닿도록 인사를 하라고 아버지가 호통을 쳤기 때문이었다. 황민우는 부리나케 방문을 열고 뛰쳐나간 뒤 아버지가 신발을 벗고 있는 현관 바닥으로 몸을 날렸다.

"다녀오셨어요, 아버지."

황민우는 코가 깨지는 순간에도 인사는 빠트리지 않았노라 했다.

"하지만 너희 아버지가 실제로 소리를 지른 건 아니었던 거지?"

모로가 물었다.

"응. 엄마도 현관 근처에 서 있었는데 아무 소리도 못 들었다고 했어."

그런데도 황민우가 그 목소리를 아버지의 염력이라고 의심한 이유는 말투 때문이었다. 목소리의 말투가 딱 아버지더라는 것이었다.

"구체적으로 어떤 문장이었는지 기억해?"

"이거 봐라, 아버지가 뼈 빠지게 일하고 와도 자식새끼는 내다보지도 않네. 나 때는 말이야, 오밤중이든 새벽이든 아버지가 돌아오시면 부리나케 달려 나가서 코가 땅에 닿도록 인사를 했다고."

오가영의 경우와 일치했다. 말마디 하나하나는 명령이 아니었지만 목소리에는 듣는 사람을 저절로 반응하게 하는 힘이 있었다.

모로는 교무실로 달려갔다.

"샘, 우리가 놓친 게 있었어요!"

4

목소리는 특정 행동을 유발하는 최면 혹은 강력한 암시였다.

"중요한 건 목소리였어요."

"환청이라는 거니?"

"아니요. 그 많은 애들이, 샘 조카까지 죄다 환청을 들었다는 게 말이 안 되잖아요. 그 목소리는 실제로 존재해요. 샘 조카도 황민우도 근처에 있던 사람의 목소리를 들었다는 공통점이 있어요. 민우는 목소리가 자기 아버지 말투 그대로였다고 했어요. 그건 목소리가 실제로 그 사람에게서 기원했다는 뜻이에요. 샘 조카는 그 뒤로 다른 얘기 없었어요?"

"아, 콩 이야기를 했다더라고. 그때 칼로 자르려던 게 콩이었대."

그 순간 뭔가가 모로의 머릿속을 훑고 지나갔다.

그건…… 속담의 콩이었고, 주로 과거 세대들이 본인의 과거를 미화할 때 사용하곤 하는 관념의 콩알 한 쪽이었다.

"샘 조카는 이런 식의 말을 들었던 게 아닐까요. '요즘 애들은 뭘 나눌 줄을 몰라. 나 때는 말이야, 콩 한 쪽도 나눠 먹었어!' 제 추측이 맞다면 그때 자해를 했다던 그 애도 비슷한 소릴 들었을 거예요. '요즘 애들은 선생님을 존경할 줄 몰라. 우리 때는 말이야, 선생님 그림자도 안 밟는다 그랬어!' 이런 식으로요."

"말도 안 돼. 그게 진짜 가능하다고? 요즘 유치원, 초, 중, 고가 동시다발적으로 뒤집어진 게 꼰대들의 속엣말 때문이라고?"

"속엣말만은 아닌 것 같아요. 가영이는 분명 지나가는 아주머니가 말하는 걸 직접 봤다고 했으니까. 지금까지 예들을 종합해 보면, 아직 작동 원리는 모르지만 근처에 있던 어른들의 말이 문제였던 것 같아요."

3교시 시작종이 쳤지만 모로는 교실로 돌아가지 않았다.

지금은 한가하게 수업이나 듣고 있을 때가 아니었다. 본의 아니게 사고를 치고 실의에 빠져 있을 친구들에게 사실을 알려야 했다. 모로는 3층 베란다 정원으로 나갔다. 말만 정원이지 가짜 야자수가 몇 그루 심어져 있는 게 전부였다. 여름에는 비가 들이치고 겨울에는 칼바람이 불어서 사시사철 인적이 뜸한 곳이었다. 모로는 야자수 줄기에 등을 기대고 앉아 권현채와 홍주연에게 장문의 메시지를 보냈다. 그동안 담임과 알아낸 사실들을 간추리고, 몇 가지 예시와 증거도 곁들였다. 암시와 최면을 불러온 힘을 지칭하는 용어는 담임의 표현을 일부 반영하여 '꼰대들의 목소리'로 통일하였다.

물론 마지막 문장은 달리하기로 했다.

ㅡ 그러니까 솜주연, 걱정 말라고. 곧 다 밝혀질 테니까. 다음 주에 보자.

홍주연에게는 망설임 없이 전송 버튼을 눌렀다. 문제는 권현채였다. 모로는 마지막 문장을 몇 번이나 썼다 지웠다.

ㅡ 권현채, 다음 주에는 학교 와라. 학교에 뿔테 안경 쓴 사람이 아무도 없으니까 좀 심심하다.

(거짓말이었다. 모로가 알고 있는 뿔테 안경만도 여럿이었다.)

ㅡ 권현채, 힘내. 우리 학교에서 보자.

(우리라니……. 이건 너무 직설적이고 부담스러운 표현이었다.)

— 권현채, 내가 널

그 순간 갑자기 전송 버튼이 눌러졌다. 누군가 모로의 머리를 쥐어박았던 것이다. 모로는 험악한 표정을 한 학생부장과 오해하기 딱 좋은 지점에서 끊겨 버린 문자 메시지를 갈마보았다.

"너 여기서 뭐 해?"

학생부장이 서슬 퍼런 눈으로 내려다보고 있었지만 모로는 문자 메시지를 수습하는 일이 더 급했다.

— 돕는 이유는

하지만 메시지 뒷부분을 찍지도 못한 채 휴대폰은 학생부장의 손으로 넘어가 버렸다.

"폰은 아침 조회 전에 제출해야 한다, 그 당연한 소리를 또 하게 만드네."

결국 모로는 교무실로 도로 끌려가서 반성문을 써야 했다. 변명이라도 보태 줄 담임은 다른 반 수업에 들어가고 없었다. 모로는 휴대폰을 제출하지 않는 행동이 얼마나 교육적으로 좋지 않으며 극악무도한 비행인지 구구절절 써 내려갔다. 평소 같으면 항변이라도 해 봤을 테지만 지금 모로는 누구에게 어떤 사유로든 입도 뻥긋하고 싶지 않았다. 슬쩍 턱 아래 흉터도 만져 보았지만 기분은 나아지질 않았다.

인과의 톱니바퀴야 여전히 유효했다. 학생부장이 하필 그 시간에 베란다 정원에 나타난 데에는 이유가 있을 것이며, 그건 학생부장의 바지 뒷주머니에 꽂혀 있던, 전자담배로 추정되는 작대기와 무관하지 않을 터였다. 하지만 이제 그따위 인과에는 관심도 없었다.

모로의 머릿속엔 제멋대로 날아간 문자 메시지밖에 없었다. 미스터리한 목소리의 힘에 아이들이 속수무책으로 당하고 있었지만, 그 상황도 끊겨 버린 문자 메시지만큼 위중해 보이진 않았다. 급기야 모로는 제 성격이 미워지기 시작했다. 따지고 보면 중국인 게임 유저들과 온라인에서 전쟁을 벌였던 것도 매사에 쉽게 흥분하고 뭐든 끝을 보려는 성격 때문이었다. 그래 봤자 모로 인생에 남은 건 대상포진과 오만 가지 추론과 오해가 가능한 데서 끊긴 문자밖에 없었다.

어느덧 반성문은 A4 용지 하단에 다다랐고, 모로는 반성과 각오를 담은 문장들을 써 내려갔다. 목소리가 들려온 건 그때였다.

'하여튼 한심한 녀석! 나 때는 말이야, 감히 땡땡이가 어딨어! 선생님 목소리 하나라도 놓칠까 봐 일부러 맨 앞자리만 골라 앉고 그랬지.'

코뼈가 욱신거리더니 안구 뒤쪽에서 열감이 솟았다. 뭔가가 모로의 두개골을 꽉 틀어쥐고 있는 느낌이었다. 모로는 간신히 고개를 돌려 학생부장을 쳐다보았다.

"샘, 지금 뭐라고 그러셨어요?"

부장은 효자손으로 등을 긁으며 책인지 신문인지 모를 뭔가를 읽다 말고 모로를 보았다. 모로는 자리를 박차고 일어났다. 머릿속은 이미 맨 앞자리에 앉아야 한다는 열망과 강박으로 가득했다.

1학년 교무실에서 가장 가까운 교실로 뛰어들어 간 것도 모로의 의지가 아니었다. 거긴 2반 교실이었고 맨 앞줄에는 빈자리가 없었다. 모로는 수업 중인 수학 선생과 2반 아이들이 손쓸 틈도 없이 맨 앞줄에 앉은 여자아이 무릎에 앉았다. 한바탕 소동이 벌어졌고 모로는 선생님과 아이들 손에 이끌려 복도로 나온 뒤에야 정신이 돌아왔다.

"제가 방금 무슨 짓을 한 거예요?"

하지만 주변에는 뜨악한 눈길들뿐 답을 알려 주는 사람은 없었다.

이거였어? 앞서 가영이와 현채, 주연이, 민우도 이런 일을 겪었다는 거지?

5

엄마한테 무슨 소리를 들을지 모로는 벌써부터 걱정이었다. 보건 선생이 조퇴 사유를 집에 통보하는 바람에 엄마는 벌써 차를 끌고 교문 밖에 도착해 있었다. 교실에서 가방은 챙겨 나왔지만 아직 휴대폰이 남아 있었다. 모로는 교무실로 향하는 내내 오금이 저릿저릿했다. 상대는 무언의 비난과 충고만으로 모로를 꼭두각시로 만들어 버리는 존재였다. 내 몸이 다른 사람의 뜻대로 움직이는 건 열일곱 평생 경험치 중에서도 고난도의 시련이었다. 다른 반에 들어가서 남의 무릎에 앉다니!

하지만 교무실에서 학생부장을 마주하자 모로는 속에서 불이 났다. 민트색 니트에 여태 효자손을 꽂고 있는 저 인간이 모로의 뇌를 주무른 장본인이었다!

"앞으로 조심해. 또 한 번 땡땡이치다가 걸리면 그땐 학생부에 흔적이 남게 될 거다."

"네."

휴대폰을 받아 든 모로는 한 손으로 턱 아래 흉터를 만지작거렸다.

'꼰대들의 목소리'가 강력한 암시로 작용했다는 건 너무나 안일한 결론이었다. 길에서 난데없이 총에 맞은 사람이 저격수의 위치를 알아차린 것 정도에 지나지 않았다. 문제는 맞은 편 빌딩 옥상에 자리한 저격수가 아니라 그놈을 고용한 의뢰인의 정체였다. 그러니까 최면 효과를 가져온 목소리들 너머의 원인, 목소리를 낸 주인들이 그런 힘을 소유하게 된 최초의 원인을 찾아내야 했다. 그래야 저 민트색 인간도 오늘 모로가 겪은 일의 속성을 이해하게 될 터였다. 한낱 마리오네트로 전락하여 남의 무릎에 포개 앉는 기분을 당신도 알아야 해. 평평했던 인생이 한순간에 휘우듬해져 버리는 낭패감을 당신도 알아야 한다고!

"젠장!"

그 말이 입 밖으로 튀어나왔다.

"너 지금 뭐라고 했어? 하, 이거 참. 이놈 봐라…….”

학생부장은 안경으로 손을 가져갔다. 난데없는 뿔테였다. 학생부장이 쓴 안경이 언제부터 왜, 뿔테였는지 모로로선 알 길이 없었다. 학생부장은 뿔테 안경을 벗어서 지금껏 보던 책 위에 툭 던졌다.

안 돼, 그만해.

불길한 예감이 모로를 덮쳐 왔다. 하지만 학생부장은 한 손 을 들어 눈을 비비기 시작했다.

멈추라고, 제발!

하지만 학생부장은 기어이 실소를 터뜨렸다.

모로를 설레게 하던 권현채의 3단계 웃음이 50대 중년 남 성인 학생부장 버전으로 재연된 것이었다. 눈곱만큼도 귀엽지 않다는 점만 빼면 오리지널 버전에 충실한 리메이크였다.

"샘이 저한테 무슨 짓을 했는지 알면 엄청 미안해질걸요. 어울리지도 않게 뿔테는 왜 쓴 거래? 썼으면 그냥 얼굴에 딱 붙여 놓지 갑자기 왜 벗는대? 제가 평생 연애도 못 하고 어떤 사람을 볼 때 그 사람의 30년 후 늙은 버전을 생각하고 미리 실망해 버리면, 그거 다 샘 탓이에요."

말하면서 모로도 후환이 두렵긴 했다. 하지만 이미 엎질러 진 물이었다.

"그리고 아까도 나 보면서 머릿속으로 꼰대 같은 생각했잖아요. 나 때는 말이야, 선생님 목소리 놓칠까 봐 일부러 맨 앞자리에 앉고 그랬다고! 이러면서요. 저 다 들었다고요!"

실컷 퍼붓고 났더니 책상 가장자리에 또 다른 안경이 놓여 있는 게 보였다. 뿔테는 학생부장의 돋보기였던 것이다. 모로네 아빠처럼 책을 볼 때면 안경을 바꿔 끼는 모양이었다.

"뿔테 진짜 안 어울려."

학교 현관과 정문 사이, 약 200미터쯤 되는 공간에 발을 디디고 나서야 정신이 돌아왔다. 엎질러진 물을 손으로 찰박찰박 두드려서 학생부장의 얼굴에 발라 버린 꼴이었다. 아울러 순탄하던 학창 시절도 끝이 났다. 그나마 다행인 것은 문자 메시지 사건이 복기되어도 아까처럼 이불 속에 평생 숨어 지내고 싶은 기분은 아니라는 점이었다. '내가 널'에서 문장이 끊겼든 말든 어차피 권현채는 묵묵부답이었고, 뿔테 안경에서 웃음으로 이어지던 그 3단계의 마법도 끝이 났다.

"학교를 아주 뒤집어 놓으셨다고."

엄마는 운전대를 거칠게 돌렸다.

모로는 입을 다물었다. 문제없는 상황을 문제로 만든 건 목소리의 주인들인데, 아이들을 매사 언짢게만 보는 그 눈알들인데…… 그걸 증명해 내려면 갈 길이 멀었다.

휴대폰을 다시 켰더니 권현채에게 답이 와 있었다. 발신 시간으로 보아 모로가 학생부장에게 소리를 지르고 있을 때쯤 보낸 것이었다.

— 문모로, 네 덕에 찾았어. 그 '꼰대들의 목소리'라는 게 존재한다고 폭로한 사람이 있었어. 그 사람하고도 연락이 닿았는데 같이 안 갈래? 샘이랑 오가영, 홍주연한테도 연락해서 같이 갈까?

"엄마, 내 이름 말이야, 모로 가도 서울로만 가도 된다는 뜻 맞지?"

"뭔 소리야. 꾀할 모 자에 길 로 자라니까. 늘 좋은 길만 찾아다니라고 엄마 아빠가 한자 사전 찾아 가며 공들여 지은 이름인데."

"아니야. 전에 작은할아버지가 술만 먹었다 하면 나한테 그랬잖아. 이름이 그게 뭐냐고. 모로 가나 기어가나 서울 남대문만 가면 그만이라는 뜻이냐고."

"그 주정뱅이 노인네 이야기는 뭐 하러 담아 두고 있어? 죽어서 땅에 묻힌 지가 언젠데."

모로는 작은할아버지가 들려준 해석이 더 좋았다. 어쨌든 목적이 중요하다는 거니까.

사실 모로는 권현채를 만나고 싶지 않았다. 내내 묵묵부답이던 녀석이 문자 한 통 보내왔다고 해서 쪼르르 달려간다는 건 말이 안 되었다. 게다가 그 기막힌 타이밍은 또 뭐란 말인가. 걱정하며 기다릴 때는 연락도 않더니 뿔테의 3단계 마법이 무너지자마자 문자를 보내온 것이었다. 하지만 모로는 이

사태의 진짜 원인을 찾아야 한다는 목적만 생각하기로 했다. 그 목적을 위해서라면 권현채가 아니라 그 누구라도 만날 수 있었다.

"나는 저기 횡단보도 앞에서 내려 줘. 친구 좀 만나고 들어 갈게."

6

샘과 오가영, 홍주연을 부르지 않은 건 맹세컨대 기동성을 위해서였다. 모로는 되도록 빨리 이 사태를 해결해야 한다는 목적만 생각하기로 했다.

"원래는 다국적 제약 회사의 마케팅 부장이었대. 일종의 내부 고발 같은 거였나 봐."

모로와 권현채는 충북 음성행 버스를 타고 있었다. 현채 말로 폭로자는 현재 충북 음성군에 거주하고 있으며 터미널 앞에서 만나기로 약속을 잡았다고 했다.

"그럼 이 일이 어떤 약이랑 관계가 있다는 거야?"

"응. MSF1818이라는 약이야. 원래는 치매 환자용 약이래."

MSF1818은 특정 신경 전달 물질을 분해하는 효소를 억제하여 신경 전달 물질이 뇌에서 정상 수치로 유지되도록 하는, 경증 치매 환자용 약이라 했다. 문제는 이 약에 강력한 치매 예방 효과가 있다는 연구 결과가 발표되면서 치매 환자가 아닌 중장년층 일반인들에게도 처방되기 시작했다는 점이었다.

올해 들어 국내에서도 레미셉트라는 이름으로 유통이 되고 있었다.

"그런데 치매 증상이 없는데도 이 약을 복용한 사람들 중 일부한테서 부작용이 나타난 거야. 폭로자가 약의 부작용을 알아차린 건 작년이었고, 올해 초에는 다수의 부작용 사례가 접수되기 시작했대. 특이한 점은 실제 약을 복용한 사람이 신고한 사례는 한 건도 없다는 거야. 다 주변인이나 가족들이 신고한 거지."

"그 부작용이란 게 목소리랑도 관계가 있는 거야?"

"응. 약을 복용한 사람들한테 이상한 능력이 생겼다는 거야. 잔소리나 충고로 사람을 움직이고, 어떤 경우에는 입도 달싹 안 하고 노려보기만 했는데도 상대방을 조종할 수 있다는 거야. 상대방의 머릿속에 목소리나 지령을 텔레파시처럼 박아 넣어서 말이야."

각자 알아낸 정보들을 공유하고, 캐러멜을 두어 개씩 나눠 먹고, 권현채가 먼저 카메라를 들어 인증샷을 찍고 났더니 어느덧 목적지에 다다랐다.

모로는 버스에서 내리자마자 화장실로 달려가서 푸득푸득 세수를 했다. 턱 아래 흉터나 살살 만지작거리며 살 때가 좋았다, 아니 세상모르고 밤새 게임이나 하던 시절이 속 편했다. 며칠 만에 인생이 불규칙한 바운드의 얌체볼로 돌변할지 누가 알았겠는가. 신약 부작용은 무엇이며, 권현채랑 둘이서 음성군으로 공간 이동을 한 이 현실은 또 뭐란 말인가.

"멀미한 거야?"

권현채가 작은 생수병을 건네며 물었다. 모로가 화장실에 간 사이 사 두었던 모양이었다.

"비슷해."

모로는 300밀리리터 생수병을 그 자리에서 다 비웠다.

폭로자는 터미널 맞은편 길가에 차를 세워 놓고 기다리고 있었다. 학생부장과 비슷한 나이대의 아저씨였다.

"밖에서 보면 좋은데, 이따 보면 알겠지만 우리 아버지가 손이 많이 가서 말이야."

폭로자는 룸미러로 뒷자리에 앉은 권현채와 모로를 일별하며 말했다.

민트색 니트를 입었다거나 등에 효자손을 꽂고 있다거나, 어울리지도 않는 뿔테 안경을 썼다거나 하진 않아서 첫인상이 그리 꼴불견은 아니었다. 하지만 모로는 폭로자의 눈두덩과 이마에 있는 멍 자국이 맘에 걸렸다. 50대로 추정되는 아저씨 얼굴에 멍 자국을 남길 만한 일이 뭐가 있을지 궁금했다. 저 아저씨는 믿을 만한 사람 맞느냐고 물어보려고 휴대폰 메시지 창을 열자 중간에 끊긴 문자가 눈에 들어왔다.

— 권현채, 내가 널

그리고 메시지 작성란에 쓰다 만 글도 그대로 있었다.

— 돕는 이유는

모로는 글을 이어서 쓸까 하다가 너무 구차한 것 같아서 메시지 작성란을 초기화시켰다. 그런 다음 새로 문자를 보냈다.

— 우리 이상한 데 끌려가는 거 아니지? 지금이라도 샘한테 말씀드릴까?

— 걱정 마. 판매처 주소와 연락처 다 공개해 놓고 농장을 하는 사람이야. 유튜브 채널도 있어. 샘한테는 이 사람 만나러 간다고 말씀드렸어. 물론 너랑 같이라는 건 빼고.

— 다 모르겠고, 만약 저 사람이 연쇄 살인마 같은 거면 네가 책임져.

다행히 폭로자의 집은 찻길에서 20미터쯤 들어간 곳에 자리한, 평범한 시골 농장이었다. 도로 쪽으로 입구가 열린 비닐하우스 네다섯 동이 보였고, 엉성한 철책으로 둘러싸인 밭도 있었다. 겨울 밭에는 심심한 얼굴을 한 허수아비들만 바람을 맞고 서 있었다. 그리고 농장의 절대 권력자로 보이는 노인이 비닐하우스와 밭 사이에 버티고 서 있었다. 지팡이를 짚고 선 작은 몸이 흡사 고대의 마법사 같은 분위기를 풍기는 노인이었다.

"아버지, 뭐 하러 나와 계세요? 제가 일 보고 금방 온다 했잖아요."

"내가 널 기다린 줄 알어? 대체 네 형들한테는 연락을 한 거야, 만 거야!"

노인은 폭로자에게 지팡이를 휘둘렀다. 폭로자는 요리조리 지팡이를 피했지만 그래도 열에 한두 번은 머리통이나 어깨를 야무지게 얻어맞았다.

"일단 저쪽 온실로 피하자."

거긴 폭로자가 연구실 겸 응접실로 쓰는 곳이었다. 제보자의 아버지는 가슴이 갑갑하다며 온실에는 들어오지 않는다고 했다.

"참고로 우리 아버지는 1912년생이셔. 2년만 일찍 태어났으면 대한제국 사람일 뻔했지. 무려 110년 전 사람이지만 총기는 너무도 좋으셔."

폭로자가 레미셉트라는 약의 부작용을 폭로하게 된 것도 아버지 때문이라 했다. 레미셉트를 복용한 뒤로 제보자의 아버지에게 괴팍한 초능력이 생겼다는 것이었다. 꼬장꼬장한 소리를 내뱉어서 사람의 몸과 정신을 지배하는 방식이었는데 폭로자의 큰형수와 둘째 형을 비롯해 11남매와 그 가족들 중에 피해자가 한둘이 아니라는 것이었다. 그중에서도 폭로자의 다섯째 누나는 접시 물에 코를 박고 죽으라는 소리를 듣고는 실제로 변기에 머리를 처박고 죽을 뻔했다는 것이었다.

"1분만 늦었어도 누님은 이 세상 사람이 아니었을 거야."

약의 위험성을 인지한 폭로자는 공익적 차원에서 약의 부작용을 고발했지만 돌아온 결과는 허위 사실 유포와 영업 방해 혐의에 대한 유죄 판결이었다.

"하지만 요즘 들어 부작용 사례가 우후죽순으로 발생하고 있으니 2심은 뒤집을 수 있을 거다. 사실 한동안 세상 돌아가는 것도 모르고 비닐하우스에만 갇혀 살았어. 계란으로 바위 치기는 그만하고 싶더라고. 그런데 너희들 제보 덕에 다시 뭔가를 해 볼 수 있게 됐다.”

폭로자는 온실 선반에서 서류 가방을 꺼내 왔다. 그 안에서 큼지막한 파우치를 꺼내더니 다시 그 안에서 작은 종이 상자를 꺼냈고, 그다음에야 열두 알씩 블리스터 포장이 된 약을 꺼내 놓았다. 약은 연갈색으로 된 정제였다.

“본의 아니게 아버지로 임상 실험을 한 꼴이긴 한데, 이거 한 알에 사나흘쯤 효력이 있는 것 같아.”

모로는 심장이 뛰었다.

“이걸 먹으면 우리도 그런 능력이 생기는 거예요?”

“아서라. 겨우 십여 년밖에 못 산 너희들은 약을 먹어 봤자 힘도 못 써.”

“왜요?”

“너희가 ‘꼰대들 목소리’라고 표현한 건 사실 기억 간섭 현상이야. 이 약의 효과, 아니 그러니까 그 몹쓸 부작용은 철저히 기억의 절대량에 비례해. 더 많은 기억을 가진 사람이 자기보다 적은 양의 기억을 보유한 사람에게 힘을 행사하는 방식이야. 치매 등의 사유로 기억이 소실된 사람들을 제외하곤, 결국 나이가 벼슬인 거지.”

그 순간 모로와 현채의 눈길이 부딪쳤다. 둘의 머릿속에 같은 유의 섬광이 스치고 간 것이었다.

7

"아저씨, 이거 가능한 시나리오 맞죠?"

현채가 물었다.

"그건 걱정 마라. 너희들 덕에 전설을 모셔 왔잖냐. 그리고 누군가는 해야 하는 일이야. 무례하고 지독한 기억 간섭이 아이들의 생각과 인격까지 들쑤시는 걸 두고 볼 수는 없지. 대여섯 살 애기들까지 당했다면서."

"괜찮으시겠어요?"

모로가 물었다.

"나야 이 일로 내 폭로가 옳았다는 걸 증명해 보이면 좋지. 그리고 걱정 마라. 내가 전설을 잘 보필할 테니까. 노약자들도 배려하고, 최대한 느리고 안전하게 진행할 테니까."

"두 분 다 벨트 하셨죠? 그럼 건투를 빕니다."

담임이 비타민 음료 두 병을 폭로자에게 건넸다.

토요일 밤 10시. 담임과 모로, 현채를 포함하여 여남은 명쯤 되는 사람들이 학교 근처 공영 주차장에 모여 있었다. 다들 용달 트럭이 출발하기를 기다리는 중이었다.

트럭 운전석에는 폭로자가 있었고, 그 옆에는 폭로자의 1912년생 아버지가 자리하고 있었다. 트럭 짐칸에는 폭로자의 일곱 번째 누나와 조카들이 카메라를 들고 자리했다. 폭로자가 운영하는 농장 유튜브 채널로 상황을 생중계하려는 것이었다. 그리고 모로와 현채, 뒤늦게 달려온 홍주연과 오가영, 황민우가 그 모습을 지켜보고 있었다.

아버지들의 아버지들의 아버지, 꼰대들의 꼰대들의 꼰대 격인 그분을 모로와 현채는 '전설'이라 부르기로 했다. 전설은 학생부장 같은 초짜 꼰대들은 명함조차 내밀 수 없는, 기억 간섭의 최고 실력자였다. 이제 전설의 힘을 믿어 보는 수밖에 없었다.

드디어 트럭이 출발했다.

공영 주차장을 빠져나간 트럭은 학교 앞 사거리를 지날 즈음 방송을 시작했다. 목소리의 주인은 1910년대에서 온 전설이었다.

"이보오들, 여기 정만열이가 왔소! 내가 올해로 백 살 하고도 열이오. 나이를 먹을 만큼 먹었는데 어째 내다보는 사람 하나 없소! 나 때는 시골에서 어른이 올라오면 버선발로 튀어 나왔는데! 세상이 이리 삭막할 수가 있소! 아! 뭣이? 뭐라고? 아, 그거. 알았네. 참, 열 살도 안 된 애기를 키우는 부모들도 집에 있으시게. 또 뭐? 잉, 그려. 거동이 불편한 동생들도 집에 있으시게. 그 나머지, 요즘 것들 하는 짓이 도통 맘에 안 들고 언짢은 사람들만 나오시오! 내 나이가 올해 백 살 하고도 열이오. 늙으면 죽어야 하는데 갈수록 정신만 멀쩡해져서 큰일이오. 왜 이리 기척들도 없소! 나 때는 하루 차이도 아래위가 있었고, 형님이 부르면 자다가도 튀어 나갔는데……."

트럭이 동네를 빠져나갈 즈음 행렬이 따라붙기 시작했다. 머리가 허연 노인들도 있고 5, 60대로 보이는 사람들도 속속 합류하고 있었다. 간간이 청년들의 모습도 눈에 띄었다. 담임과 아이들은 중앙 공원 경계석에서 유튜브로 그 모습을 지켜보고 있었다. 트럭과 행렬이 신축 아파트 단지를 훑고 갈 즈음 얼핏 학생부장의 모습이 화면에 잡힌 것도 같았다.

"다들 반갑소. 이리 나와 주어 고맙구먼. 천천히 걸어들 보시오. 자, 여기 정만열이가 왔소! 내가 백 살이 넘었지 뭐요. 나 때는 말이오……."

다들 잘 준비를 하다가 끌려 나왔는지 잠옷에 점퍼만 걸친 사람들이 태반이었다. 그래도 한파 주의보가 풀려서 날씨는 비교적 포근하였다. 전설은 지치지 않았고 긴 행렬이 트럭을 따라가고 있었다.

"서울 광화문이나 그런 데서 시작하는 게 더 효과적이지 않았을까?"

홍주연이 묻자 담임이 주연의 어깨를 쓰다듬으며 말했다.

"소동을 일으키려는 게 아니라 진실을 폭로하려는 거니까 일을 너무 크게 벌일 필요는 없지."

"폭로자 아저씨가 우리한테 장소 선택권을 주기도 했고."

권현채가 말을 보탰다. 현채는 모로와 잠시 눈을 맞춘 뒤 말을 이었다.

"우리 다 등굣길이나 학교에서 일을 당했잖아. 그래서 이

동네가 좋을 것 같더라고."

전설의 등장으로 명확해진 사실이 있었다. 콩 한 쪽을 나눠 먹고 살았다던 그네들과 선생님 목소리를 놓칠까 봐 맨 앞자리에 앉았다던 그들의 세상도 그리 완벽하진 않았다는 것. 그들 역시 전설의 눈에는 못마땅한 요즘 것들에 지나지 않았다는 것. 전설은 요즘 것들을 데리고 어디론가 가고 있었다.

한밤의 퍼레이드가 이어지는 사이, 현채와 주연이도 난동 사건 경위를 털어놓았다.

그날 현채는 평소처럼 맨발에 슬리퍼 차림이었다. 유독 발에 땀이 많아서 슬리퍼를 신었을 뿐인데 등굣길에 목소리가 들렸다고 했다. 나 때는 양말 한 짝도 구멍 나면 꿰매 신고 그랬는데 요즘 것들은 뭐든 풍족하니까 엄동설한에도 저리 맨발로 슬리퍼를 끌고 다니지, 대충 그런 이야기였다. 주연이는 새 운동화 때문에 발뒤꿈치가 까져서 잠시 신발을 꺾어 신었는데 그걸 보고 누가 혀를 차더라 했다. 세상에, 저 비싼 신발을 구겨 신는다고? 나 때는 새 운동화가 생기면 그저 귀해 가지고 품에 안고 다녔는데 말이야…….

이야기를 듣는 내내 모로는 턱 아래 난 흉터를 만지작거렸다. 뭔가 개운치가 않았다. 이 세상이 원인과 결과가 톱니처럼 맞물리는 곳이라는 걸 스스로에게 증명해 보였는데도 뭔가를 놓치고 있는 느낌이었다.

주연이가 순찰차에 탔을 당시 느꼈던 공포감에 대해 열변을 토할 즈음, 모로의 휴대폰에 메시지가 도착했다.

— 수고 많았어, 문모로. 그런데 저 문자 뭐였어? '내가 널' 그다음은
뭐야?

모로가 답이 없자 메시지가 하나 더 날아왔다.

— 꼭 말해 줘. 기다릴게.

모로는 자신이 놓치고 있던 게 뭔지 알 것 같았다.

인과의 외부에서 양체볼처럼 움직이는 것…….

그건 기대감이었다.

모로는 내일이 기다려졌다.

내일이 오면 '내가 널' 다음 글자들을 조합할 수 있을지도
몰랐다.

최영희   어릴 적 나만 보면 혀를 차는 사람이 있었다. 나는 멀쩡히 자전거를 타
고 가다가도 그 사람만 보면 페달을 놓치기 일쑤였다. 못마땅한 눈길이 뿜어내는
강한 에너지에 순간적으로 휘청한 것이었다. 하지만 이내 중심을 되잡고 자전거를
쌩쌩 몰아갔다. 언제나 뒤에 남겨지는 건 그 사람이었으며, 내 앞에는 비난의 파장
이 뚫을 수 없는 숱한 '내일'들이 있었다.

행성어 작문 시간

최상희

작문 담당인 조우마린 선생은 숙제를 많이 내 주기로 유명했다. 선생은 고약한 성격으로도 악명이 높았다. 쌀쌀맞은 표정으로 턱을 치켜올린 채 선생은 학생들을 깔아뭉개듯 내려다봤다. 읽고 쓸 줄도, 심지어 말도 제대로 못하는 너희 같은 애들은 질색이라는 표정이 역력했다. 나도 마찬가지였다. 조우마린 선생이라면 끔찍했다. 하지만 작문은 필수 과목이라 선택의 여지가 없었다. 게다가 나는 선생의 작문 수업을 재수강해야만 했다. 작년에 선생이 내게 낙제점을 준 덕분이었다.

출석을 부르고 난 뒤 조우마린 선생이 내게 말했다.

"반갑군요, 오올리아쉐시비이이아오요킨. 내 기억이 맞다면 학생은 내 수업이 두 번째죠?"

선생은 2년째 내 이름을 제대로 발음하지 못했다.

"올해가 학생을 보는 마지막 해가 됐으면 좋겠군요."

애들이 킥킥댔다. 선생님이 낙제점을 안 주시면 돼요. 그렇게 대답하고 싶었지만 나는 그냥 어색하게 웃었다. 교실에서 나는 늘 그런 표정을 짓는다. 웃기지도 않은데 웃는 표정.

"어디 두고 보죠, 오올리아쉐시비이이아오요킨."

이번에는 가까스로 대답했다.

"그냥 요킨이라고 불러 주세요."

선생의 뺨이 씰룩 움직였다. 내 발음 때문일 것이다. 우리 가족이 구오진을 떠나 이곳 헤카테에 정착한 지 3년째였고 내 발음은 아직 어눌했다.

수업이 끝나고 교실에서 나오는데 아이샤가 내 옆에 따라붙었다.

"두고 보겠어요, 오올리아쉐시비이이아오요킨."

조우마린 선생 흉내를 내면서 아이샤가 키득거렸다.

아이샤가 왜 내게 친한 척하는지 모르겠다. 아이샤포트프루와와르와였던가, 그런 이름이었는데 아이샤라고 불러 달라 했다. 아이샤는 속스 출신이었다. 속스 출신은 여기 와서 처음 봤다. 그 전에는 속스라는 행성이 있는 줄도 몰랐다. 아이샤도 구오진인은 처음이란다. 구오진과 속스 사이의 거리만큼이나 나와 아이샤도 동떨어진 사이였다. 그런데 어쩌다 보니 아이샤는 학교에서 말을 나누는 유일한 애가 되었다. 지난 학기에 학교 식당에서 혼자 밥을 먹고 있는 내게 옆에 앉아도 되냐고 묻고는 대답을 기다리지도 않고 자리를 차지한 다음부터였다. 아이샤도 혼자 밥 먹는 애 중 하나였다. 그 뒤로 아이샤는 식당뿐 아니라 교실에서도 은근슬쩍 내 옆에 앉곤 했다. 알고 보니 아이샤는 엄청 수다쟁이였다. 다행인 건 아이샤는 자신이 말을 한다는 게 중요할 뿐이라 딱히 맞장구치거나 적절한 반응을 보이기 위해 노력할 필요는 없었다. 그렇게 말이 많으면서도 아이샤의 헤카테어 실력은 별로 신통치 않았다. 그래도 수다 떠는 데는 문제없었다. 아이샤에게는 통역기가 있었다. 학교에서 통역기를 쓰는 건 금지였고 쓰는 애는 드물었다. 교칙 때문만은 아니었다. 통역기는 꽤 비쌌기 때문이다. 통역 가능한 언어가 추가될수록 더 비쌌다. 헤카테인에게 필수품이라면 저렴한 통역기가 나왔을 것이다. 통역기는 이주민들에게만 절실한 물건이었다.

"첫 시간부터 과제라니, 앞날이 깜깜하다."

아이샤의 통역기가 말했다. 아이샤가 속스어로 말하면 기계가 헤카테어로 통역해 줬다. 이왕이면 구오진어로 통역해 줬으면 좋겠지만 아이샤의 통역기에는 구오진어 통역 기능이 없었다. 대충은 알아들을 수 있다. 내가 이해하지 못하거나 오해하더라도 상관없다. 아이샤는 눈치채지 못하고 신경 쓰지도 않는다. 속스어는 대화를 위한 언어가 아닌지도 모른다. 그런 언어가 존재할까 싶지만. 이곳 헤카테에서 나는 종종 그런 기분이 든다. 대화를 한다기보다 구경하거나 모방하는 것 같다.

헤카테어로 말하거나 쓰는 건 조우마린 선생이 좋아하는 비유라는 표현법으로 말하자면, 수면 위로 고개를 내민 물고기가 된 기분이다. 숨이 막히고 심장이 쿵쾅거린다. 물론 물고기가 정말 그러는지는 알 수 없지만.

헤카테어와 구오진어는 매우 다르다. 헤카테어는 반드시 주어로 문장이 시작되지만, 구오진어에서는 대부분 주어는 생략된다. 필요한 경우에는 문장 맨 마지막에 놓인다. 행위의 주체보다 행위 자체가 중요하기 때문이다. 구오진어는 서술어에 시제가 없다. 말하거나 쓰는 순간 모든 행위는 과거가 되고 미래를 구속하기 때문이다. 시간을 표현하고 싶다면 시간을 나타내는 단어를 더하면 된다. 그런 경우는 드물다. 모든 행위는 연속성을 띠기 때문이다. 구오진어는 헤카테어보다 훨씬 간결하고 명료하다. 내 생각에는 그렇다. 헤카테인들은 상황이나 사건을 모호하게 표현하길 좋아하는 것 같다. 조우마린 선생은 예나 비유를 적절하게 쓰면 의미를 좀 더 효과적으로 전달할 수 있다고 했다. 나는 그것을 이해할 수 없다. 그래서 내 작문 점수가 형편없나 보다. 그게 다는 아니다. 나는 조우마린 선생이 내 주는 과제가 불편하다. 조우마린 선생은 늘 자신의 이야기를 쓰라고 했다. 자신의 경험과 생각과 느낌이 담긴 글을 요구했다. 구오진에서는 자신의 이야기를 하는 건 아주 친밀한 사이에서나 가능하다.

"작문 때문에 졸업증 못 받는 애들이 많다더라."

아이샤의 통역기가 나도 익히 들은 소문을 말했고 나는 대꾸하지 않았다.

"에이, 설마 또 낙제하겠어? 졸업증은 받겠지."

아이샤가 씩 웃으며 내 등을 툭 쳤다. 등을 툭 치는 게 아이샤의 행성에서는 어떤 의미인지 모르겠다. 구오진에서는 한판 붙자는 뜻이다.

졸업증은 매우 중요했다. 일반 헤카테 학교 진학에 필요한 자격증이기 때문이다. 4년 과정인 행성어 학교는 정규 과정 편입의 전초전인 셈이었다. 졸업증을 받지 못하면 정규 교육을 받을 기회는 영영 사라진다. 그건 헤카테 사회로 진입하는 길에서 멀어진다는 의미였다. 필수 과목을 하나라도 통과하지 못하면 졸업증을 받지 못한다. 조우마린 선생의 작문 수업은 필수 과목에 포함되어 있다. 나는 다른 필수 과목들, 역사와 수학, 과학 등등은 이미 통과했고, 남은 몇 개 과목 성적도 나쁘진 않다. 그러니까 내 졸업증은 조우마린 선생의 손에 달렸다고 해도 과언이 아니다.

"교장한테 엄청 알랑방귀를 뀐대, 조우마린 선생 말이야. 학생들은 한낱 풍뎅이 취급하면서. 진짜 재수 없지 않냐?"

"풍뎅이?"

파리나 바퀴벌레라고 하려던 게 아닐까 싶어 물었다.

"어, 풍뎅이. 왜?"

통역 오류인 것 같았다. 아니면 아이샤의 행성에서는 풍뎅이가 이곳의 파리나 바퀴벌레와 비슷한 존재인지도 모른다. 엄마는 바퀴벌레라면 질색했다. 파리도 보는 족족 때려잡는다. 성가시고 제발 없어졌으면 하는 존재들. 풍뎅이는 조금 귀엽지 않나? 조우마린 선생이 나를 풍뎅이 취급하는 상상을 하니 상당히 이상하긴 했다.

"뭐 하냐, 귀염둥이?"

노크 소리와 함께 아빠가 내 방 문을 열고 물었다. 구오진어였다. 아빠는 집에서 늘 구오진어로 얘기했다. 언어를 잃으면 근본을 잃는 거라고 아빠는 말했다. 뿌리가 상하면 나무는 넘어지거든, 넌 근본도 없이 살고 싶진 않겠지, 요킨? 아빠는 마치 자신에게 다짐하는 것처럼 내게 말하곤 했다. 자신이 누구인지, 어디에서 왔는지 잊지 않기 위해 모국어를 지켜야 한다고 아빠는 주장했다. 나는 헤카테어로 아빠 같은 사람을 뭐라고 부르는지 안다. 꼰대. 물론 입 밖에 낸 적은 없다.

"공부하냐, 귀염둥이?"

"숙제."

"숙제란 말이지? 숙제하느라 엄청 바쁘구나?"

"내일까지 해 가야 해."

"무슨 숙젠데?"

"작문."

"그래, 숙제는 해야지."

나는 아빠가 내비치는 의중을 알면서도 모르는 척했다. 아빠에게 잡히면 또 몇 시간이고 근본에 대한 연설을 들어야 할 것이다. 아빠는 애가 타는 얼굴로 방으로 들어왔다.

"그러니까 너는 헤카테어로 쓸 줄도 아는구나."

책상에 펼쳐진 노트를 뚫어지게 들여다보던 아빠가 말했다.

"글씨 참 잘 쓰네."

내 머리를 한번 쓰다듬고 머쓱한 표정으로 아빠는 방에서 나갔다. 아빠는 헤카테어를 읽을 줄도, 쓸 줄도 몰랐다. 말하는 것 역시 거의 못 했다.

이주 직후 부모님은 몇 달 동안 정착 교육을 받았다. 교육 과정에는 언어 수업도 포함되어 있었다. 하지만 아빠의 헤카테어는 좀처럼 늘지 않았다. 그에 비해 엄마는 일취월장했다. 엄마는 배운 걸 잊지 않기 위해 집에서도 헤카테어로 얘기했다. 아빠가 마땅찮은 표정으로 근본 운운할 때마다 엄마는 말했다. 나무를 옮겨 심으면 새로 뿌리를 내려야지, 적응 못 하면 죽는 거야, 안 그래? 아빠는 아무 대꾸도 못 했다. 엄마는 아빠보다 빨리 일자리를 찾았다. 구오진에서 엄마는 거의 집에만 있었다. 구오진에는 일자리가 부족했고 돈 되는 일은 대부분 남자가 차지했다. 엄마는 이곳에 온 뒤로 좀 변한 것 같다. 나 왔어, 하고 현관문에 들어서는 엄마의 목소리는 크고 활기찼다.

아빠도 일을 구하긴 했지만 정규직은 아니었다. '회계 재무

관리 업무 가능, 관련직 경험 있음, 서류 작성 능숙'이라는 이력을 등록해 놓은 구인 사무소에서 아빠는 자신의 훌륭한 능력에 걸맞은 일자리가 나기를 매일 기다렸다. 하지만 아빠에게 돌아오는 건 경력과 전혀 상관없는, 짐을 옮기거나 벽돌을 쌓는 일이었다. 아빠에게는 '헤카테인'이라는 능력이 부족했던 거다. 아빠에겐 통역기가 절실했지만 구오진어 통역기는 없었다. 이곳에 구오진인은 드물었다. 아빠는 집에 돌아오면 이제야 살겠다는 듯이 숨을 파, 내쉬고는 물 만난 물고기처럼 잠시도 쉬지 않고 말을 했다. 주로 구오진 얘기였다. 구오진이 얼마나 좋았는지, 그곳 사람들이 얼마나 정이 넘쳤는지. 아빠가 말하는 구오진과 내가 기억하는 구오진은 사뭇 달랐다.

내가 살던 행성인 구오진은 눈과 얼음뿐인 곳이었다. 태양이 하루 네 시간쯤 인색한 빛을 던지고 사라지면 완전한 어둠으로 덮였다. 구오진도 이곳 헤카테처럼 사계절이 있었다고 한다. 오래전 얘기였다. 봄과 여름, 그리고 가을과 겨울은 더 이상 쓰이지 않는 단어였다. 내가 아는 건 이불 속으로 파고드는 한기와 차가운 공기 중으로 퍼지는 하얀 입김뿐이었다. 학교까지 걸어가는 동안 장갑 낀 손과 털 장화 속의 발이 꽁꽁 얼었다. 세상은 원래 그런 곳인 줄로만 알았다. 비교할 대상이 없다는 건 다행이었다. 얼마나 혹독한 추위였는지 이곳 헤카테에 와서야 알았다. 이곳의 가장 추운 날도 구오진의 가장 덜 추운 날보다 따뜻하다.

추위가 모든 것을 얼려 버리기 전, 구오진에도 태양 아래 숲과 들이 펼쳐지고 나무에는 탐스러운 열매가 맺혔다. 꽃이 가득 핀 초원을 작은 동물들이 달리고 새와 나비가 날았다. 경작 가능한 작물의 종류가 다양하고 수확량이 풍족했다. 그런 전설을 역사 시간에 들었다. 구오진의 기후 변화는 오래전부터 예측되어 왔고 그 결과도 오랫동안 경고됐지만, 결국 변화를 늦추거나 막지 못했다. 온실 바깥에서는 아무것도 자라지 않게 되어 식량이 급격히 부족해졌다. 나는 항상 배가 고팠다. 엄마는 늘 자신의 접시에서 음식을 덜어 주었고 나는 차마 거절하지 못했다. 물가는 무섭게 오르고 돈 주고도 구할 수 없는 것들이 점점 더 많아졌다. 달걀과 우유, 고기, 신선한 채소, 털옷과 장화 그리고 어린아이들과 웃음과 미래. 구오진인들은 다른 행성으로 이주하기 시작했다. 살 수 있는 곳이면 어디로든 갔다.

우리 가족이 일찍 떠나지 못한 건 아빠 때문이었다. 아빠는 상황이 나아지리라는 미련을 버리지 못했다. 그건 아빠가 낙관적인 사람이어서가 아니라 겁이 많은 사람이어서였다. 아빠는 추위와 굶주림보다 낯선 곳으로 가는 게 더 두려웠다. 아빠를 설득한 건 엄마였다. 당신과 난 괜찮아. 이곳에서 얼어 죽든, 굶어 죽든 상관없어. 하지만 내 딸이 그렇게 죽는 꼴은 못 봐. 결국 아빠도 결심했다.

왜 헤카테를 택했냐고 아빠에게 물은 적 있다. 아빠는 선택한 게 아니라고 했다. 구할 수 있는 표가 헤카테행뿐이었다. 기대한 게 뭔지 모르지만 도착한 곳은 아빠의 상상과는 달랐던 것 같다. 아빠는 구오진에 남기고 온 게 많았고 아빠의 마음은 아직 이곳에 도착하지 않았다. 구오진어에서 서술어의 행위는 모두 과거이고 과거는 미래를 구속하므로. 내게도 그런 것들이 있다. 익숙한 장소들과 사람들. 그런 건 여기에 없다. 숨 쉬는 것처럼 따로 배울 필요 없던 것들. 이곳에서 나는 밥 먹는 법까지 다시 배워야 했다. 나는 이곳 헤까테가 좋지도 싫지도 않다. 봄과 벚꽃은 아름답다. 바람이 불면 하얗게 떨어지는 꽃잎이 꼭 구오진의 눈보라 같다. 아름답긴 하지만 몹시 기묘하게 느껴진다. 늦은 밤 창밖을 바라보다 문득 창에 비친 희끄무레한 내 모습을 보면 낯설다. 어딘가 나를 두고 온 기분이 든다.

"오올리아쉐시비이이아오요킨, 과제는 잘 해 왔나요?"

아이샤가 옆자리에 앉더니 조우마린 선생 흉내를 내며 킥킥댔다. 헤카테어였다. 학교에서는 헤카테어만 쓰는 게 규칙이었다. 하지만 규칙은 규칙일 뿐이었다. 쉬는 시간에는 온갖 행성어가 쏟아졌다. 같은 행성 출신 아이들은 모여서 자기들 언어로 얘기했다. 학교에 구오진 출신은 나뿐이었다. 내가 입학했을 때 졸업반에 구오진 애가 한 명 있긴 했지만 말을 나눌 기회가 없었다.

조우마린 선생이 들어왔다. 교실이 일순 조용해졌다. 선생이 교탁 앞에 서서 예의 그 깔아뭉개는 듯한 눈으로 교실 안을 한 번 둘러보았다.

"다들 과제를 해 왔겠죠?"

과제 주제는 '나의 행성'이었다. 적어도 열 문장 이상, 한 페이지를 채워야 했다. 선생은 아이들에게 과제를 발표하도록 했다.

작문 수업을 듣는 학생은 모두 열일곱 명이었다. 크롤룹, 모르타, 사이안, 하누, 튀르케, 속스, 수리한, 아드린, 이눅, 그리고 구오진까지 모두 열 개 행성에서 온 아이들이었다. 튀르케와 수리한, 아드린 출신은 두 명씩이고, 이눅 출신은 네 명이나 됐다. 학교 전체에 서른 개 넘는 행성 출신 학생들이 있다고 들었다. 외모로 어디 출신인지 대충은 짐작할 수 있었다. 하지만 서로 굳이 묻지 않았다. 어차피 헤카테인으로 살기 위해 이 학교에 다니는 거니까. 출신 흔적은 빨리 지우는 편이 좋다. 그걸 아마 적응이라고 하는 것 같다.

아이들이 차례로 앞에 나가 작문을 읽기 시작했다. 헤카테 행성과 비슷한 곳에서 온 아이가 있는가 하면 전혀 다른 환경에서 살다 온 아이도 있었다. 얼음으로 뒤덮인 행성은 없었다. 물이 급격하게 줄어 더 이상 살 수 없었다고 한 아이는 튀르케 출신이었다. 이눅 아이들은 이웃 행성과의 전쟁 때문에 이주했다고 했다. 그 이웃 행성은 바로 아드린이었다. 이주 뒤에

결국 이눅은 아드린의 식민지가 됐다. 왜 이눅 출신 애들이 수업 시간 내내 아드린 애들을 잡아먹을 듯이 노려보고 있는지 비로소 이해했다. 학교에 이눅 출신이 압도적으로 많은 이유도 알 수 있었다. 그들의 이주는 탈출에 가까웠다.

괜찮은 글도 있고 도무지 무슨 소리인지 알 수 없는 글도 있었다. 하지만 다들 꽤 열심히 쓴 것 같았다. 낙제를 피하려는 필사적인 노력일 터였다. 조우마린 선생은 좋다 싫다 소리 한마디 없었다. 예의 그 눈으로 지켜보기만 했다. 이런 구제 불능인 머저리들이라고 말하는 눈. 달갑지 않은 이방인을 바라보는 냉랭한 눈. 학교 밖에서도 나는 종종 그런 눈초리와 마주친다.

햄버거를 주문하는 내 말을 못 알아듣는 척하는 점원, 내가 지나갈 때 이주민들은 다 자기 행성으로 꺼져 버리면 좋겠다고 큰 목소리로 말하던 남자. 빈자리가 많은데도 굳이 출입구 바로 앞 테이블로 우리 가족을 안내한 식당 직원도 있었다. 아빠가 안쪽으로 자리를 옮겨 달라고 했지만 모두 예약된 자리라고 했다. 우리가 식사를 마치고 식당을 나올 때까지 테이블들은 그대로 비어 있었다. 집으로 돌아오는 동안 우리 가족은 한마디도 하지 않았다. 그날은 엄마 생일이었다. 항의해 봐야 소용없다는 걸 매일 습득하는 날들. 그렇다고 익숙해지지는 않았다.

아이샤의 차례였다. 교탁 앞에 선 아이샤는 긴장한 기색이 역력했다.

"소, 속스는…… 초, 초록으로 뒤덮인 곳이었다. 거언……기와 우, 우기로 나뉘었지만 거, 건기에도 거의 매일 하루에 한 차례는 비가 쏟아졌다. 우, 우기에는 하루에도 몇 번씩 비가 퍼부었다. 하늘이…… 지, 찌, 찢어지기라도 하듯 물……포, 퐁, 폭탄이 퍼, 퍼, 부었다. 비가 갑자기 그치고 나면 누, 눈, 눈부신 햇살이…… 트, 틀어진 하늘 사이로…… 쏟아졌다. 비가…… 즈, 중, 증, 증발하며 자, 자욱한 안개가…… 꼈고…… 안개가 걷히고 나면 초, 초록 쑤, 쑤우, 숲은 더욱…… 무성하고 지, 짙어졌다. 손을 뻗으면 어디서나 과, 과일을 따 먹을 수 있고…… 뜨앙, 따앙, 땅속…… 자, 작물은…… 트, 튼, 튼실하게…… 부리, 아니, 뿌리를 내렸고 강에서는…… 커, 커다란 무, 물고기가 자압, 혔다."

거의 알아듣지 못할 정도로 아이샤는 더듬거렸다. 그러다 읽기를 멈춘 아이샤가 경련하듯 입가를 떨었다.

"아직 일곱 문장이에요, 아이샤포트프루와와르와."

조우마린 선생의 말에 아이샤는 원망스러운 표정으로 한숨을 푹 내쉬었다.

"그, 그런데 가, 갑자기…… 시, 식민지…… 처, 철수…… 머, 멍, 명령이 떨어졌다. 회사가 속스에서 더 이상…… 수, 수익이 나지 않는다고…… 파, 판단했기 때문이다. 이주…… 조, 조, 조치가 내려진 지 한 달 만에 모두…… 속스를 떠나야 했다. 회, 회사가…… 정해 준 곳으로 이주해야 했다."

열 개의 문장은 넘었다. 하지만 아직 부족하다. 조우마린 선생은 글에 개인의 생각이나 느낌을 더해야 한다고 강조했다. 사실만 나열한 것은 보고문이라고 했다.

"나는…… 치, 친구들과 헤어졌다. 친구들이…… 많이 보고 싶다."

아이샤가 읽기를 마쳤다.

"놀랍군요."

조우마린 선생이 학생의 발표에 처음으로 반응을 보였다.

"자기가 쓴 글을 제대로 읽지 못하다니 참 놀라워요, 아이샤포트프루와와르와. 글은 읽기보다는 나았어요. 들어가도 좋아요."

아이샤는 벌게진 얼굴로 내 옆에 와 앉았다.

내가 가장 마지막 차례였다. 나는 어젯밤 늦게까지 고치고 고친 글을 읽기 시작했다.

"내가 살은 구오진은 몹시 추웠다. 항상 얼음이 덮어 있었다. 밤이 길었다. 낮은 짧았다. 나무는 없다. 꽃도 없다. 헤카테에 와서 처음 벚꽃을 봤다. 봄이라는 것도 처음 알았다. 봄은 공기는 부드럽고 목덜미가 따뜻하다."

간밤에 마지막 문장을 쥐어짜기 위해 고심했다. 생각과 느낌을 더하는 게 중요하다. 나는 마지막 문장을 읽었다.

"그런 느낌은 처음이었다."

내가 발표를 끝내자 조우마린 선생은 미간을 잔뜩 찌푸린 채 나를 노려봤다.

"그게 다인가요, 오올리아쉐시비이이아오요킨?"

선생은 내게 남으라고 했다. 쉬는 시간에 선생의 책상으로 갔다. 선생은 내 작문을 들여다보다 고개를 절레절레 흔들고 나를 잡아먹을 듯이 쳐다봤다. 나도 모르게 자꾸 어깨가 움츠러들어 이대로 풍뎅이가 될 수도 있을 것 같았다.

"오올리아쉐시비이이아오요킨, 이런 식이라면 다음 학기에 우린 다시 만날 수밖에 없을 것 같군요. 그걸 원하나요?"

내가 뭘 원하는지 관심 없으시잖아요. 대답 대신 나는 고개를 푹 숙였다.

"구오진어와 헤카테어는 많이 다르더군요."

뜻밖의 말에 나는 고개를 들어 선생을 바라봤다.

"그러나 근본적인 건 같죠. 전달과 소통, 기록과 보존. 작문 시간에 하는 건 그런 겁니다."

"그게 아니잖아요."

선생이 놀란 듯 뜨악한 표정으로 내 말을 기다렸다.

"즈, 증명해 보이란 거잖아요. 헤카테 학교에 들어갈 만한 수준인지, 헤카테의 세금을 낭비하는 건 아닌지, 헤카테인 속에 끼워 줄 만한지 증명해 보이란 거죠."

선생이 못마땅한 표정으로 마지못해 고개를 끄덕였다.

"뭔가 얻기 위해선 증명해야만 하죠. 그건 누구나 마찬가지예요."

"아니, 같지 않아요. 전 처음부터 다시 시작해야 한다고요. 여기서 원하는 바에 맞춰서요. 그, 그건 부, 불공평하죠. 내가 아닌, 완전히 다른 누군가가 돼야 하니까요."

선생은 나를 바라봤다. 한번 쳐다보는 것만으로 모든 것을 얼려 버릴 듯한 예의 냉담한 눈. 그런데 어쩐지 평소와는 다른 눈빛이었다. 선생은 딱히 나를 보는 것 같지 않았다. 내 너머의 무언가를 바라보는 것 같았다. 이상하게도 그 얼굴은 어두운 밤, 내 방 창에 비친 내 모습을 떠오르게 했다. 저 아득한 우주 어딘가, 멀리 떨어진 행성과 행성 사이의 어둠을 조용히 응시하는 막막한 눈.

"완전히 다른 누군가가 될 수는 없어요. 그건 원한다고 될 수 있는 것도 아니죠. 구오진의 요킨과 이곳의 요킨은 같은 사람이에요. 그 사이에 있는 건 기억입니다. 떠나온 곳을 두 번 다시 갈 수 없다고 해도 그곳에 살았다는 건 변함없는 사실이고 기억에 남아 있죠. 잊거나 왜곡하려고 해도 기억은 제법 끈질긴 편입니다. 잃은 것이 무엇인지 기억한다면 회복하려고 하겠죠. 완벽한 원상 복구는 불가능할지라도 가까이 갈수는 있을 겁니다. 그 모든 것들이 요킨을 요킨으로 남아 있게 할 거예요."

그 순간 공기 중의 뭔가가 약간 달라졌다고 느꼈다. 사정없이 몰아치던 회색 눈보라가 갑자기 그치고, 그 사이로 비친

따스한 햇볕이 목덜미를 살짝 어루만지는 느낌. 어리둥절했다. 분명 들었지만, 그 말들을 이해하지 못한 채로 나는 물끄러미 선생을 바라보았다. 선생은 예의 딱딱한 표정을 짓고 있었다. 따스한 햇볕 같은 건 이미 사라지고 없지만 그 흔적은 희미하게 남아 있다. 선생의 말이 어쩐지 구오진어의 문장 방식처럼 들렸다. 과거는 미래를 구속한다. 현재의 나 그리고 미래의 나는 과거에서 왔다.

선생은 더 이상 설명해 주지 않았다. 딱히 내 반응이나 대답을 기다리는 것 같지도 않았다. 선생은 고개를 숙여 내 작문을 들여다보며 조사 두 개와 서술어 네 개를 고쳐 줬다. 그리고 마지막 문장인 '그런 느낌은 처음이었다'는 감상이나 생각이 아니라 감각을 서술한 거라고 했다. 다음 과제는 적어도 스무 문장 이상 그리고 언어에는 형용사와 부사, 접속사가 있다는 걸 잊지 말라고 말했다.

"또 낙제하고 싶은 건 아니겠죠, 오올리아쉐시비이이아오요킨?"

나는 고개를 저었다. 선생은 나가 보라고 했다.

교실 밖에서 아이샤가 나를 기다리고 있었다.

"그게 다아아아인가요, 오올리아쉐시비이이이아오요킨?"

아이샤가 이죽거리며 선생 흉내를 냈다.

"진짜 재수 없어. 사람 괴롭히는 게 취미인 것 같아."

아이샤가 통역기를 꺼냈다. 통역기는 조우마린 선생이 알코

올 중독자라는 새로운 소문을 말해 줬다.

"밤마다 이트라 지구에 나타난대."

"이트라?"

이트라라면 이주민들이 모여 사는 지역이었다. 그런 곳이 몇 군데 있었다. 내가 사는 동네도 그중 하나였다. 조악한 가구가 딸려 있고 월세가 낮은 집들이 밀집해 있는 곳. 단지 그 이유만은 아니었다. 헤카테인들은 이주민들에게 집을 빌려주기를 꺼렸다. 그러다 보니 자연스레 이주민들이 모여 사는 거주지가 생겼다. 이트라는 가장 먼저 조성된 이주민 거주지였다. 미로 같은 좁은 골목을 따라 낡고 오래된 집들이 늘어서 있어 한낮에도 을씨년스러워 보이는 동네였다.

"그래, 그 동네 입구 골목에 술집이 쭉 이어져 있잖아. 밤마다 그 골목으로 들어간대."

이트라가 몹시 위험한 곳이라고 들은 적 있다. 미로 같은 그곳에서 폭력과 강도 사건이 잦고 사람이 실종되는 일이 종종 있다고 했다. 뉴스에는 나오지 않고 이주민들 사이에만 도는 소문이었다.

"거기까지 가면 끝이지. 갈 데까지 간 거라고. 알지? 그런 사람이 선생이라고 우릴 풍뎅이 취급이나 하고 말이야."

아이샤는 구시렁댔고 나는 잠자코 들어 주었다. 친구를 많이 보고 싶어 하는 아이니까 조금은 참고 들어 줘도 될 것 같았다.

이곳에서 엄마의 낙은 텔레비전 시청이었다. 헤카테어 향상을 위해서라고 했지만 즐기는 게 분명했다. 엄마는 저녁을 먹고 나면 늘 텔레비전 앞에 앉았다. 장르를 가리지 않고 섭렵했고 뉴스는 꼭 봤다. 설거지를 끝내고 아빠와 나는 엄마 옆에 앉았다. 뉴스를 보는 엄마 얼굴이 어두웠다.

"뭐라는 거야?"

아빠가 물었다. 잠깐만, 하고 엄마가 말했다. 아빠는 텔레비전을 보는 엄마 옆에서 자꾸 무슨 뜻이냐고 물어서 핀잔을 듣곤 했다. 한번은 자꾸 묻지 말고 공부 좀 하라는 엄마의 말에 아빠가 삐쳐서 며칠 동안 두 사람이 말을 하지 않고 지낸 적도 있다. 서로 할 말이 있으면 나를 불러 대는 통에 무척 성가셨다.

"이주민 정책을 바꾼다는데, 이주 제한법을 만들 거래. 이주민이 너무 늘어서 문제가 많다고. 이주민 혜택도 줄인다는데…… 아니, 그럼 이미 이주한 사람들은 어쩌란 말이지."

엄마가 심란한 표정으로 설명해 주자 아빠의 얼굴은 점점 굳었다. 뉴스에 의하면 행성어 학교 지원도 중단되거나 축소될 모양이었다. 정규 학교로 진학하는 이주민 아이들의 학비 보조도 확실치 않았다. 엄마와 아빠는 밤늦도록 소파에 앉아 있었다. 나는 내 방 문을 조금 열어 둔 채 책상에 앉아 있었는데 두 사람의 목소리는 거의 들리지 않았다. 그냥 우두커니 앉아만 있는 모양이었다. 이주 전에도 엄마와 아빠는 그렇게 앉아 있곤 했다. 누군가에게, 그게 누구라도 무엇이든 묻고 의논하고 싶은데 아무도 없어 막막한 표정으로. 어떤 선택이든, 선택의 결과를 감당해야 하는 건 자신들뿐이라는 것을 깨달을 때까지, 그렇게 앉아 있었다. 나는 문득 구오진에서의 역사시간이 떠올랐다. 우리가 배운 건 실패와 후회의 과거뿐이었다. 혹시 내 부모가 지금 느끼고 있는 감정이 내가 배우던 것과 같은 건 아닐까. 나는 부모님이 침실로 들어간 뒤에도 한참 동안 책상에 앉아 있었다.

첫 번째 과제 시간 뒤로 조우마린 선생이 나를 따로 부르는 일은 없었다. 내 작문이 나아져서는 아니다. 선생은 수업 끝나는 종이 울리자마자 황급히 교실에서 나갔다. 어딘지 모르게 학교 분위기가 어수선했다. 새로 발표될 이주민 정책과 무관하지 않으리라 짐작되었다. 아이샤의 말에 의하면 선생들은 다른 학교에 일자리를 알아보느라 바쁠 거라고 했다. 학교가 언제 문을 닫을지 모를 일이었다. 문을 닫지는 않더라도 지금과 같지는 않을 것이다.

부모님은 대책 회의니, 이주 제한법 반대 시위 등에 분주히 참여하는 것 같았다. 넌 신경 쓸 것 없어, 공부만 열심히 해. 부모님은 날 볼 때마다 그렇게 얘기하고 싶은 듯했지만 그저 말없이 내 책상에 간식을 놔 줄 뿐이었다. 부모님은 어느 때보다 열심히 뉴스를 시청했다. 한번은 부모님이 참가한 집회에 대한 보도가 나왔다. 꽤 많이 모인 이주민들 속에서 부모님의 얼굴은 찾지 못했지만 나는 아는 얼굴을 발견했다. 아무래도 조우마린 선생 같았다. 하지만 그럴 리 없다. 조우마린 선생이 이주민들 속에 서 있을 까닭은 없었다. 하지만 냉담한 눈초리와 무표정한 얼굴을 분명 본 것 같았다. 수없이 생각해 본 끝에 역시 착각이라고 결론지었다. 아무것도 결정되지도 해결되지도 않은 채로 시간은 흘렀고 마지막 작문 시간이 되었다.

늘 그랬듯이 나는 맨 뒷자리에 앉았다. 아이샤가 내 옆에 앉아 속닥댔고 나는 딴생각을 하며 가끔 고개를 끄덕여 줬다. 교실 안은 이상하게 차분했다. 단지 내 기분 탓일지도 모른다. 머리가 무거웠다. 지난밤 작문 숙제를 하느라 새벽이 다 돼서 잠자리에 들었다. 조우마린 선생이 교실로 들어와 과제를 발표하라고 했다. 마지막 과제 주제는 '○○하는 법'이었다. 무엇이든 만들거나 사용하거나 하는 법을 설명하는 글이다. 안내문 내지는 사용 설명서인 셈이다. 자신의 경험을 바탕으로 생생하게, 읽기만 해도 그대로 따라 할 수 있게 상세히 그리고 친절하게 쓰라고 했다.

바닷속에서 수영하는 법을 쓴 아이는 팔다리를 휘둘러 설명을 보충했다. 머리 땋는 법에 대해 써 온 아이는 작문을 읽으며 제 긴 머리를 땋아 보였다. 솜씨가 좋았다. 사제 폭탄 만드는 법을 써 온 애는 이눅 출신이었다. 이눅에서 폭탄쯤은 세 살 난 애도 한 손으로 젖병을 들고 빨면서, 나머지 한 손으로 만들 수 있다고 했다. 조우마린 선생은 예의 그 못마땅한 표정을 지었다. 개구리를 훈련하는 법이라는 작문을 모르타애가 발표했을 때는 다들 웃느라 숨이 넘어갈 뻔했고, 수리한 아이의 지렁이 낚시법은 그런대로 괜찮았다. 캠핑 과정을 써 온 아드린 애의 글은 텐트 치는 방법을 설명하는 부분부터 지루해졌다. 발표하는 아드린 애를 이눅 애들은 잡아먹을 듯이 노려보았다. 음식 만드는 법에 대해 발표한 아이들이 많았다. 드넓은 우주에는 신기한 음식들이 많았고 설명만으로는 전혀 상상 불가능한 음식도 있었다. 그 와중에 아이샤의 과자 만드는 법에 관한 글은 꽤 관심을 끌었다. 아이샤가 직접 만든 과자를 가져왔기 때문이다. 아이샤의 설명에 의하면 모양을 내는 게 관건이라는 과자는 커다란 달팽이 모양이고, 겉은 살짝 탄 듯 갈색이 돌았다. 아이샤는 과자를 나눠 주고 싶어 했지만 조우마린 선생은 수업 시간에 먹는 건 안 된다고 딱 잘라 말했다.

마지막으로 내가 앞으로 나가 작문을 읽기 시작했다.

"우리 가족은 화물 수송선의 화물칸을 타고 헤카테로 왔다. 구할 수 있는 자리는 그것뿐이었다. 화물 사이에 몸을 구겨 넣고 서로의 온기에 의지했다. 화물칸은 춥고 어두웠다. 어둠 속에서 신음과 훌쩍이는 소리가 들려왔다. 어린아이 하나가 큰 소리로 울기 시작했다. 내 근처였다. 대여섯 살쯤 된 듯했다. 춥고 무섭고 불편했을 것이다. 모두 그랬지만 아이에겐 더욱 힘들었을 터였다. 아이는 끊임없이 울었다. 제발 애 좀 달래라고 누가 고함을 질렀다. 기다렸다는 듯이 불평 소리가 쏟아졌다. 아이 부모가 어르는 것 같았지만 소용없었다. 누군가 아이 가족에게 다가와 앉았다. 잘 안 보였지만 여자 같았다. 울음소리가 그치고 아이가 뭔가 먹는 소리가 났다. 그리고 잠시 뒤 여자의 목소리가 조용하게 들려왔다. 나는 귀를 기울였다. 옛날이야기였다. 마법에 걸린 어린 소녀와 고양이와 거미와 용이 빙하를 타고 마법사를 찾아가는 이야기. 내가 어렸을 때 엄마가 읽어 줬던 책 내용이었다. 여자의 목소리는 나직하고 부드러웠다. 마치 침대 옆에서 내게 책을 읽어 주던 엄마의 목소리처럼 다정했다. 어느덧 아이의 고른 숨소리가 들려왔다. 나도 아이를 따라 잠이 들었다. 그 뒤로 아이가 울 때마다 여자들이 와서 이야기를 들려줬다. 이야기가 시작되면 아이는 조용해졌다. 아이뿐 아니라 어둑한 화물칸 전체가 조용해졌다. 나는 어둠 속에서 들려오는 이야기에 귀 기울였다. 이야기들은 내 어릴 적 꿈에서 걸어 나온 것처럼 몽롱하고 조금 슬프면서도 아름다웠다. 아이가 잠든 뒤에도 여자들의 이야기는 이어졌다. 자신의 어린 시절, 친구와 하던 놀이, 엄마가 해 주던 음식, 동생으로 알고 함께 놀던 고양이, 그 고양이가 앓다 죽은 이야기를 할 때는 여기저기서 훌쩍이는 소리가 났다. 종종 남자들이 와서 조금 어색해하며 이야기를 하기도 했다.

얘기 솜씨가 좋은 이도 있고 별로인 사람도 있었다. 그래도 뭔가 얘기하고 싶어 했다. 덕분에 아이는 과자나 빵을 얻어먹을 수 있고 어른들은 이야기하고 들었다. 다시 와서 이야기하는 이도 있고 다시 오지 않는 이도 있었다. 한 달 뒤, 이곳 헤카테에 도착해 화물칸이 열렸을 때, 승객은 처음보다 3분의 1 정도가 줄어 있었다. 아빠는 살아남은 게 기적이라고 했다. 도착하지 못하고 별이 된 이들은 우주 어딘가를 떠돌고 있을 것이다. 아이는 살아남았다."

마지막 문장이 남았다. 생각이나 감상을 더해야 한다. 나는 마지막 문장을 읽었다.

"다행이라고 생각했다."

다 읽고 나서 고개를 들자 아이들은 지루해 죽겠다는 표정이었다. 곁눈으로 조우마린 선생을 살짝 봤다. 선생이 예의 그 찌푸린 얼굴로 나를 노려보고 있었다.

"오올리아쉐시비이이이아오요킨!"

단숨에 심장이 얼어붙는 것 같았다.

"작문 제목이 뭐죠?"

"제, 제목은 '화물칸에서 살아남는 법'입니다."

선생이 차가운 눈으로 나를 바라봤다.

"상세하고 친절한 설명 맞나요?"

나는 대답하지 못했다. 상세하지만 친절한 편은 아닌 것 같다. 아니, 그 반대인 것도 같다. 나는 그 화물칸에서의 일들을

98

잘 기억하지 못한다. 무엇을 먹고 마시고 용변은 어떻게 봤는지, 추위는 어떻게 견뎠는지, 내 옆에서 죽어 가던 사람의 마지막 숨소리가 어땠는지, 죽은 이를 둘러싼 가족의 울음소리가 얼마나 비통했는지 기억나지 않는다. 하지만 어둠 속에서 들려오던 목소리들은 또렷이 기억한다. 그것은 과거의 행복했던 기억을 이야기하는 목소리였다. 그 목소리들은 어둡고 혹독한 화물칸 안을 희붐하게 밝히고 완전히 가시지 않은 빛을 품은 봄날의 저녁처럼 온화하게 떠돌았다.

선생은 예의 냉담한 목소리로 내게 수업이 끝나고 남으라고 했다.

"오올리아쉐시비이이아오요킨."

언제 들어도 오싹했다. 나는 선생의 눈을 피해 고개 숙였다.

"이야기에는 힘이 있죠. 자신의 이야기를 가진 사람은 살아남는다고 나는 생각해요."

고개를 살짝 들어 선생을 바라봤다.

"나도 그런 이야기를 듣고 자랐죠. 멀리 있는 내 행성과 사람들의 이야기들을 늘 들었죠."

무슨 소리인지 의아해하는 내게 선생이 고개를 끄덕여 보였다.

"나도 이주민이에요. 정확히 말하면 내 할머니가 딸과 함께 이주해서 이곳에 정착했죠. 할머니는 이트라에 살고 있고 아직도 정정하시죠. 할머니는 늘 떠나온 행성에 대해 얘기했죠.

너무 많이 들어서 한 번도 가 보지 않은 그곳에 내가 살았다는 착각마저 들어요. 그곳은 무척 친근하고 낯익은 곳처럼 느껴지죠. 하지만 그런 곳은 아마 실재하지 않겠죠. 나는 늘 그곳과 이곳 중간 어딘가의 우주에 있는 것 같아요."

나는 멍하니 듣고 있었다. 어두운 화물칸에서 들려오던 목소리 같았다. 추위와 굶주림과 악몽을 잠시나마 잊게 해 주던 부드럽고 나직한 목소리.

"중요한 건 그게 아니고."

선생은 할 말은 이제 끝이라는 듯, 고개를 숙여 내 작문을 들여다보며 서술어와 조사 몇 개를 고치고 돌려주었다.

"오올리아쉐시비이이아오요킨. 여전히 맞춤법은 엉망이군요."

나는 풍뎅이처럼 몸을 잔뜩 움츠렸다.

"하지만 좋은 이야기였어요."

내가 잘못 본 게 아니라면 선생은 미소 지은 것 같았다. 아주 짧은 순간이지만, 분명 미소였다.

"요킨도 아이에게 이야기를 해 줬나요?"

나는 고개를 끄덕였다. 선생은 내 눈을 가만히 들여다본 뒤 나가 보라고 했다.

교실에서 나오자 아이샤가 내 등을 툭 쳤다. 아이샤의 행성에서 등을 툭 치는 건 좋아한다는 의미인지도 모르겠다. 부담스럽다. 아이샤가 과자를 먹겠냐고 물었고 나는 좋다고 말했다. 우리가 과자를 먹으며 복도를 걷는 동안 사방에서 다양한 행성어가 들려왔다. 저 먼 우주 어딘가에서 건너온 언어들이 별처럼 희미하게 빛났다.

최상희   마당 있는 집으로 이사한 뒤 하늘을 올려다보는 일이 잦아졌다. 전에 살던 도심보다 밤하늘은 깊고 어두우며 별이 많은 것 같다. 별을 바라보며 내일의 날씨를 짐작해 볼 뿐, 검푸른 저 어딘가에 누군가 있어 언젠가 내게 찾아오리라는 낭만적인 상상 같은 건 하지 않는다. 그래도 별이 있는 밤은 어쩐지 외롭지 않다. 희미하고 어슴푸레하지만 우리는 어딘가로 연결되어 있다고 생각한다.

안녕! 정신 나간 천사

황영미

1

어디서부터 말을 시작할지 생각해 봤는데요. 할 말이 많아서 정리가 잘 안 되네요. 그냥 편하게 쓸게요. 조금 긴 글이 될 거예요.

어쩌면 아무도 제 글을 읽지 않을 수도 있다는 생각도 들어요. 남은 회원은 이제 192명이고, 방문자가 한 명도 없는 날도 많잖아요. 한 달 전 카페지기님이 쓰신 간단한 안부 글 이후로는 새 글도 없어요. 어쩌다 우리 카페가 이렇게 되었는지 한탄하고 싶지는 않아요. '올리브 퀸' 님이 작품 활동을 하지 않은 지 오래되었잖아요.

요즘 인기 웹툰 작가의 팬들은 우리처럼 카페 활동을 하지 않더군요. 유료 팬클럽도 많고, 요즘 인기 작가들은 팬들과 직접 소통하는 플랫폼을 구축한대요. 부럽기는 한데, 다른 작가의 작품들은 아무리 봐도 제 취향이 아니어서요.

암튼 우리 카페에서 전 눈팅러에 가까웠지요. 댓글은 많이 썼지만, 제가 쓴 글은 지금 보니 스무 개도 안 되네요. 그래도 우리 팬클럽이 좋았어요. 많은 회원 분들처럼 제게도 '올리브 퀸' 님의 〈정신 나간 천사〉는 인생작이거든요.

〈정신 나간 천사〉가 연재될 때 우리 카페는 대단했지요. 전체 카페에서도 랭킹 상위권이었을 거예요. 중국에도 판권이 팔렸다고 당시 카페지기님이 소개해 주고 그랬잖아요.

맞아요. 저는 〈정신 나간 천사〉를 통해 인생을 배웠어요. 당시 저는 초등학교 5학년이었는데, 그때 막 서울로 전학을 왔거든요. 그 전에는 부모님과 떨어져 할머니랑 시골에서 살았어요. 떡집을 하시는 부모님은 늘 바빠서 저를 돌볼 수가 없었대요. 집도 따로 없어서 가게에 딸린 단칸방에서 사셨어요. 할머니 댁 근처에 큰아버지 가족이 살았는데, 거의 한집처럼 자주 들락거렸어요. 저는 매일 밖에서 떠돌다가 저녁 먹을 때쯤 집에 갔어요. 그곳 친구들과 재미있게 잘 지냈거든요.

하지만 뭔가 내 환경이 정상적이지 않다는 생각을 했었던 거 같아요. 그 무렵 할머니가 즐겨 보시던 일일 드라마에서는 '바람직한 가족'의 모습을 농약처럼 살포했어요. 그들은 대체로 아파트에 살았고, 피아노가 있는 공부방과 하늘하늘한 커튼이 있는 예쁜 거실에서 생활했어요. 그 집 중학생 딸은 레스토랑에서 외식을 하면서 자기 부모한테 새로 사귄 남자 친구에 대해 아무렇지도 않게 조잘조잘 말하더군요. 그 아이의 주변에는 밝고 따뜻한 공기만 흘러 다녀요. 저는 드라마를 보면서 공부 말고는 딱히 고민이랄 것도 없는 인생은 대체 어떤 걸까 상상해 보곤 했어요.

서울에 와서도 마찬가지였어요. 부모님이 장만한 집에 내 방도 생겼지만, 나는 비주류 아웃사이더의 운명을 벗어날 수가 없었죠. 엄마 아빠는 여전히 바빴고, 나는 어리광을 피울 줄도 모르고 자라서 그분들을 어떻게 대해야 할지 몰랐어요. 학교에서도 겉돌 수밖에 없었어요. 시골에서 전학 온 아이한테 누가 관심이나 있겠어요? 혹시나 사투리 억양이 튀어나올까 봐 저는 늘 주눅 들어 있었어요. 그때 〈정신 나간 천사〉의 '강재경'을 만났던 거예요. 아니, 재경 오빠요.

〈정신 나간 천사〉가 영화로 만들어진다고 했을 때, 재경 오빠 역을 누가 했으면 좋을지 투표까지 했잖아요. 저는 가수 김시후를 열성적으로 밀었어요. 우리 카페에서는 김시후가 가장 많은 표를 받았는데, 결국 장희범이 캐스팅 되었지요. 우리가 분개하거나 말거나 파워 있는 소속사가 밀어붙였고, 결국 영화가 망했죠. 그럴 줄 알았어요. 장희범이 어디를 봐서 재경 오빠랑 비슷한가요? 지금 생각해도 화가 치밀어요.

아! 제가 하려던 얘기는요. 저도 사랑을 나누며 사는 인생을 꿈꾸었던 거 같아요. 가족, 친구, 연인 그 누구라도요.

나는 그냥 살았거든요! 말 그대로 그냥! 사랑을 나누며 산 게 아니라요.

사랑하는 방법을 몰랐어요. 저는 여태까지 살면서 '사랑해' 라는 말을 해 본 적이 없어요. 세상에! 그토록 오글거리는 단어가 또 있을까요? 제가 그 말을 내뱉으면 단어가 허공에서 맴돌다 비눗방울처럼 터질 것만 같았어요.

그런 나에게 〈정신 나간 천사〉는 인생 교과서였어요. 재경 오빠는 내 인생을 사랑을 나누며 사는 세계로 이끌었어요. 아니, 그것보다 더 근사한 인생이 펼쳐질 거 같은 설렘과 기대가 있었지요. 나는 재경 오빠와 사랑에 빠지는 '손태리'처럼 유쾌한 아이로 변해 갔어요. 자신감이 생겼어요. 손태리도 나처럼 '바람직한 가정'이 아닌 집안 출신인데, 재경 오빠의 사랑을 얻었잖아요. 스토커처럼 나를 따라다니던 우울과 무력감은 자연스럽게 나한테서 떨어져 나갔지요.

"너는 햇살 같아. 주변을 환하게 만들어."

중학교에 와서는 이런 소리까지 들었어요. 학습 효과일까요? 아니면 롤모델 손태리의 밝은 에너지가 원래 저한테 있었을 수도 있어요. 어쨌든 그 말을 했던 남자는 나의 첫사랑이 되었어요.

아! 그를 떠올리기만 해도 마음이 복잡해져요. 사실, 제가 오늘 글을 쓰려고 한 것도 그 사람 때문이에요.

그는 내 마음속의 재경 오빠였어요. 아니 강재경 실사판이었죠. 중학교 때부터 지금까지 추억이 너무 많아요. 많은가? 아! 모르겠어요.

그, 그냥 J라고 칭할게요. 오늘 J와 만났어요. 약속을 하고 만난 건 아니고요. 급식실에서 나오다 우연히 마주쳤어요. 생각해 보니 고등학교 들어와서 처음이네요. 그는 2학년, 나는 1학년이니 웬만해서는 마주칠 일이 없거든요. 입학하고 한 달이 더 지났는데, 체육 시간도 겹치지 않았어요. 물론 SNS 맞팔이긴 해요. 언젠가부터 그가 쓴 글에 '좋아요'조차 누르지 않게 되었지만요.

원래 2학년이 먼저 점심을 먹고, 그다음이 3학년, 그리고 1학년이 가장 마지막에 먹어요. 그런데 오늘 3학년이 단체로 강당에서 대입 전략 특강을 들었다고 해요. 그러다 보니 먹는 순서가 바뀌어서 1학년이 가장 먼저 먹게 되었어요. 밥을 먹고 나오다가 J와 마주친 거예요. 그가 먼저 나를 발견했어요.

"어? 너."

이러면서 엄청나게 반가워하더라고요. 나도 반가웠나? 모르겠어요. 마음이 복잡했어요. 그와 다른 학교에 배정되기를 원했던 거 같아요. 같은 학교라는 걸 알았을 때, 어쩔 수 없다고 금방 체념했지만요. 그러다 결국 이렇게 만난 거예요. 그가 반가워하니 나는 그냥 꾸벅 인사를 했지요.

"야! 우리 학교에 왔으면 나한테 먼저 신고를 했어야지."

이러면서 내 어깨를 툭 쳤어요. 기분이 조금 이상했어요. 나는 약간 미소만 지었을 거예요. 웃으며 인사를 하고 급식실을 나왔어요.

우리 반 친구와 복도를 걷는데, 그가 헐레벌떡 나를 뒤따라왔어요.

"매점 갈래? 맛있는 거 사 줄게."

그가 헉헉 숨을 몰아쉬며 말했어요. 자기는 급식을 먹지 않기로 했다고, 매점 가서 후식을 사 주겠대요. 마치 어제 만났던 사이처럼 말했어요. 그동안 그와 나 사이에 아무 일도 없었던 것처럼요. 모든 과정이 매우 자연스러웠어요.

우리는 함께 매점에 갔어요. 매점 입구에서 기다리니 그가 이것저것 사 왔어요. 우리는 나란히 걸어 학교 뒤편으로 갔어요. 그리고 개나리가 피어 있는 펜스 옆 벤치에 앉아 5교시 종이 울릴 때까지 이런저런 이야기를 나누었지요.

물리적 시간은 길지 않았어요. 길어 봐야 20여 분? 그런데 그 짧은 시간 동안 내 마음에서는 많은 일이 일어났어요.

뭘까요? 허탈하고 쓸쓸하면서도 약간은 통쾌한 이 감정은? 그는 나의 첫사랑이에요. 아니 첫사랑이었다는 말이 맞을까요? 한때는 내 인생의 전부였던 사람이에요. 그런데 오늘 마침표를 제대로 찍었어요. 첫사랑은 이제 과거완료형이 되었네요.

과연 제가 잘한 걸까요? 이렇게 끝내는 게 맞는 걸까요? 사실 그와의 관계는 오래전에 끝났어요. 그런데 그는 오늘 우리 관계가 끝났다는 걸 까맣게 잊은 사람처럼 행동했어요. 하지만 저는 그가 잊고 있던 사실을 상기시켰죠. 바로 우리가 끝난 사이라는 사실을요. 제가 감히 그한테요. 나의 강재경, 아니 J 오빠한테요.

오늘은 남아 있는 감정의 찌꺼기까지 다 털어 낸 거 같아요. 축하받고 싶은지 위로받고 싶은지 잘 모르겠어요. 어쩌면 제 말과 행동이 우리의 추억마저도 휘발시켰을 수도 있어요. 한편 생각해 보면 뭐 대단한 추억이 있었나 싶기도 하고요.

그런데 자꾸 생각나요. 제가 잘한 걸까요? 혹시 그가 상처받았으면 어떡하죠?

이런 고민을 하다가 제 이야기를 '올리브 퀸' 팬카페에 털어놓기로 했어요. 〈정신 나간 천사〉 스토리에 열광하는 분들이라면 제 심정을 잘 알아줄 거 같거든요. 저보다 나이 많은 회원 분들도 많잖아요. 사실 이런 이야기는 친한 친구한테도 잘 못 해요. 〈정신 나간 천사〉를 읽지 않으면 제 감정을 도저히 이해할 수 없을 거예요.

그런데 막상 쓰려고 하니 사연을 짧게 쓸 수가 없네요. 뭣부터 말해야 할지 가닥이 안 잡혀요.

미리 말씀드리지만, 스압주의 글입니다. 죄송합니다.

2

〈정신 나간 천사〉가 나에게 특별했던 이유가 뭘까 생각해 본 적이 있어요. 줄거리만 놓고 보면 그저 그런 신데렐라 스토리처럼 보일 수도 있잖아요. 그런데 〈정신 나간 천사〉는 인형처럼 예쁘게 앉아 있기만 하면 멋진 왕자의 선택을 받는, 기존의 안일한 작품들과는 격이 달랐어요.

세상에는 많은 작품들이 있지요. 영화, 드라마, 웹툰, 웹드라마 그리고 문학 작품 등등. 제가 책을 많이 읽지는 않았지만(솔직히 끝까지 읽은 책은 다섯 권도 안 돼요. 창피합니다), 문학 작품을 제외하고, 아! 일부 영화도 제외하고(영화도 많이 본건 아니랍니다), 제가 접했던 많은 작품들은요, 나처럼 아웃사이더의 유전자를 갖고 태어난 사람을 근본적으로 무시해요. 한심하게 여기거나, 인간쓰레기 아니면 불쌍한 사람 취급을 하지요.

작품에서 직접 노출하지는 않아요. 하지만 출신, 피부색, 학벌, 외모 등의 조건을 알뜰하게 따져서 등급을 매긴 다음, 작품에 등장시키거든요. 등급에 매칭된 사람들끼리 끼리끼리 만나서 티격태격하는 거예요. 나 같은 아웃사이더는 주인공의 옷을 받아 주는 들러리거나, 뒷골목에서 침 뱉는 배역밖에 못 따내는 거죠. 아! 뭐, 제가 본 작품들이 대체로 이랬다는 거고요, 어디까지나 제 편견일 수도 있어요.

그런데 〈정신 나간 천사〉는 달랐어요. 묻지도 따지지도 않는 순수한 사랑이 가능하다는 걸 보여 줬지요. 갈빗집에서 아르바이트하는 손태리가 전혀 불쌍해 보이지 않아요. 오히려 아버지의 외도로 태어난 재경 오빠가 딱하고 안쓰럽지요. 재경 오빠가 손태리한테 기대고 의지할 때 우리 독자들이 얼마나 열광했나요? 배경과 출신을 따지지 않고, 있는 그대로 그 사람을 봐 주고 사랑하는 거, 이런 스토리를 싫어할 사람은 없을 거예요.

〈정신 나간 천사〉 팬이라는 걸 말하고 다니니 친구도 생겼어요. 당시 우리들은 누군가 이상형을 물으면 거침없이 '강재경!'이라고 대답했어요. 맞아요. 강재경은 전무후무한 남자 주인공 캐릭터죠.

중학교 와서 만화 동아리에 들어갔어요. 거기서 강재경을 닮은 J를 만났어요. 외모가 닮았다는 게 아니고, 분위기가 비슷했어요.

그는 만화 그리기를 좋아했는데, 나만큼 '올리브 퀸' 작가님을 좋아하는 건 아니어서 이 카페 회원은 아니에요. 한 분야만 열정적으로 좋아하는 스타일은 아닌 듯해요. 그냥 축구도 좋아하고, 야구도 좋아하고, 게임도 좋아하고, 만화도 좋아하고, 힙합도 좋아하는 그런 남자였어요.

한번은 만화 동아리 모임 때 오지게 잘난 척하는 선배가 나한테 이런 말을 했어요.

"야! 너, 진짜 눈치 빠르다."

그 말이 칭찬이 아니라는 걸 눈치로 알았어요. 그리고 내 생각이 틀리지 않았다는 게 금방 드러났어요.

"눈칫밥 먹고 자랐나 봐."

잘난 척 선배는 피식피식 웃으며 쐐기를 박았지요. 농담조여서 나도 같이 웃었는데, 기분은 더러웠어요.

'뭐, 맞는 말이네요. 눈칫밥 제대로 먹고 자랐어요. 그런데 선배는 무슨 밥을 먹었기에 싸가지가 바가지예요?'

마음에서 스프링처럼 튀어 오르던 이 말은 못 했죠. 눈치가 빨라서 분위기 깨는 말은 못 하겠더라고요. 그때 J가 나섰어요.

"그게 아니라 센스가 있는 거지. 나는 눈치 없는 사람 답답하더라."

이 말을 하면서 J가 저를 바라보았어요. 우리는 눈이 마주쳤어요. 심장이 확 뜨거워졌어요. 그때 느꼈지요. 저 사람이구나, 재경 오빠와 닮은 현실의 남자, 내 이상형.

할머니가 눈치를 주는 분은 아니었어요. 아니, 그 반대였어요. 할머니는 나를 무조건 수용하는 편이었고, 내가 신경질을 내도 잘 받아 주시고, 야단치신 적도 별로 없어요. 하지만 나는 태생이 열등하다는 생각을 떨칠 수가 없었지요. 할머니가 틀어놓던 텔레비전에서는 나의 환경이 비정상이라는 사상을 강제로 주입시켰거든요. 그리하여 자연스럽게 체득할 수밖에 없었어요. 약삭빠르게 굴지 않으면 나는 그냥 짓밟힌다는 걸요.

일찍 철들고, 눈치 빠른 아이를 좋아하는 사람이 없다는 것도 알았어요. 선생님들, 친척 어른들, 내가 좋아하는 연예인 그리고 내가 아는 남자들은 하나같이 말했어요. 티 없이 순수하고, 영혼이 맑고, 게다가 외모까지 청순해야 사랑받을 자격이 있다고요. 순수? 맑은 영혼? 청순가련 외모? 다 나한테 없는 것들이더라고요.

그러고 보니…… 손태리도 사실 청순가련 외모가 없었으면 재경 오빠의 사랑을 얻을 수 있었을까요? 아으! 제대로 현타 옵니다. 그때부터 제 인생작에 조금씩 의심이 들기 시작했어요.

그런데 J가 내 마음속 감옥의 문을 열어 버린 거예요. 그는 여태 내가 단점이라고 생각했던 눈치 빠름을 장점으로 봐 주었어요. 하긴 내가 연예인이 될 것도 아닌데 불특정 다수에게 사랑받는 게 무슨 의미가 있을까요? 난 내가 좋아하는 단 한 사람, J와 아주아주 많이 사랑하며 살면 되는 거예요.

생각해 보면 그의 눈빛과 말들이 지금의 나를 빚고 만든 거 같아요.

"나는 잘 웃는 사람이 좋더라."

그가 이 말을 한 뒤부터 나는 잘 웃는 아이가 되었어요. 어렵지 않았어요. 이게 사랑의 힘이죠. 걸핏하면 웃고 다니니 실제로 성격도 좀 좋아지는 것 같더라고요.

그가 사는 이 세상이 좋았어요. 인생은 아름답고 근사한 미래가 펼쳐질 거 같았지요.

중학교 1학년 눈 내리던 크리스마스이브가 생각나요. 화이트 크리스마스라고 세상이 들썩였어요. 만화 동아리에서 영화를 보기로 했어요. 디즈니에서 만든 히어로물 개봉 날이었거든요. 그런데 심야 시간 말고는 예매가 불가능했어요. 그렇다고 방구석에서 뒹굴 수는 없잖아요. 노래방에 갈까, 강남 갈까, 피시방 갈까, 홍대에 갈까 이런저런 의견이 나왔는데, 결국 남산에 가기로 했어요.

혼자서 산에 오르는 건 무섭잖아요. 이런 장소는 단체로 가는 거라고 J가 말했어요. 저야 무조건 찬성이죠. 전철을 타고 갈 때부터 설렘과 기대로 심장이 터질 거 같았어요. 눈 쌓인 남산은 얼마나 아름다울까요? 거기에 그와 나의 이름을 적은 사랑의 자물쇠를 걸어 놓는다면……. 히히히, 생각만 해도 좋아서 계속 실실 웃었죠.

언제나 그렇듯, 그날도 현실은 기대를 배반하더군요. 가는 곳마다 사람들이 미어터졌어요. 케이블카 타는데 40분을 기다렸어요. 그래도 남산에서 바라본 서울 풍경은 예뻤어요. 하긴 J와 함께 있는데, 어디에 있든 좋았겠지요.

저녁은 다 함께 남대문 시장에서 떡볶이를 먹었어요. 명동에 갈까 했는데, 거기는 진짜 구름 인파였어요. 가는 곳마다 사람들이 너무 많아서 멀미가 날 것 같더라고요. J가 없었다면 그냥 집으로 왔을 거예요.

동네에서 헤어질 때는 피곤했는지 다들 표정이 시들하더라고요. 저만 쌩쌩했어요. 동네는 시내랑 정반대였어요. 베이커리 외에는 약국도, 문방구도 다 불이 꺼져 있었어요. 혼자서 골목길로 접어들었는데, 깜짝이야! 그가 내 등을 쳤어요.

"같이 가자."

그가 말했어요. 이게 무슨 일이죠? 산타 할아버지가 제게 크리스마스 선물을 주신 건가요?

"어? 왜요?"

미쳐요. 제 입에서 이런 말이 튀어나왔어요. 이 순간에 왜라니요. 이런 말버릇 교정해 주는 학원 어디 없나요?

"엄마가 케이크 사 오라고 해서, 엄마 단골 베이커리가 저쪽에 있거든."

그랬군요. 나는 크게 고개를 끄덕였어요.

"야! 근데, 나한테 반말해도 돼. 나는 우리말에서 존댓말 반말 이거 부담스럽더라. 그냥 동등하게 다들 반말했으면 좋겠어. 영어처럼."

이렇게 멋진 말을 하는 남자 보셨어요? 〈정신 나간 천사〉에도 이런 대사는 없잖아요. 그의 말에 내가 크게 소리를 질렀어요.

"네! 네! 좋아요!"

이랬다가 금방,

"아니! 좋아!"

이랬어요. 내가 좋아하는 내색을 너무 많이 했나 봐요. 가로등 아래에서 그가 빙그레 웃었어요. 그도 내가 좋았나 봐요.

눈이 치워진 뒷골목을 나란히 걸었어요. 걷다가 J가 어떤 집 담 아래에 쌓인 눈을 뭉쳐 눈사람을 만들었어요. 저도 같이 만들었고요. 세 개의 눈사람을 만들어 세워 놨어요. 우리는 그걸 사진으로 찍었지요. 세 눈사람은 오랫동안 제 SNS 프로필 사진이었어요.

그날, 내 안에 사랑이 차오르는 게 느껴졌어요. 허황된 줄 알지만, 내 사랑이 흘러넘쳐 지구를 구할 수도 있겠다는 생각마저 들더라고요.

영원히 이어지길 바랐던 그 길은 금방 끝났지만, 내 인생 최고의 날이었어요. 다시는 이런 날이 오지 않겠지요? 그런 일은 처음이었고, 그런 감정도 처음이었으니까요.

3

어릴 때 친구랑 지금도 연락해요. 그 친구는 내가 J를 좋아한다고 했을 때, 마음껏 응원해 줬던 친구예요.

이 친구가 주말 아르바이트를 해요. 한적한 시골 한옥 카페인데, 방송에 한 번 나오면서 손님이 엄청나게 많아졌나 봐요. 내 고향에 있는 카페가 전국적으로 인기라니 너무 신나요. 지난 겨울 방학 때 그 카페에 저도 가 봤는데, 아이스크림이 올라간 와플이 시그니처 메뉴예요. 얼마나 맛있는지 몰라요. 카페가 잘될 수밖에 없어요.

우리가 다녔던 초등학교는 전교생이 30여 명 정도였어요. 시골 학교가 사라진다고 하는데, 근처에 농공 단지가 있어서 저의 모교는 학생 수 감소 없이 그럭저럭 유지되고 있어요.

할머니랑 살 때 나는 늘 서울을 동경했던 거 같아요. 부모님이 그립다기보다는 화려한 도시를 상상했던 거죠. 방과 후 활동까지 끝나면 그 친구와 나는 틈만 나면 버스를 타고 읍내 번화가로 나갔어요. 빵집과 서점, 노래방을 들락거렸는데, 그냥 도시 분위기를 느끼고 싶었어요. 그러다 한번은 밤늦게 귀가해서 할머니한테 엄청 혼났거든요. 그 후로는 동네에서 놀았어요.

우리 마을 뒤편에는 조선 시대 중종 때 건립한 서원이 있었는데요. 나중에는 주로 거기에 갔어요. 서원을 걷다 보면 옛날 선비들이 토론했을 모습들이 그려지곤 했지요. 서원의 기숙사는 좁았는데, 그 친구랑 '여기서 몇 명이나 잤을까' 이런 얘기도 하고 그랬어요.

서원을 보면서 대학 생활을 꿈꾸던 그 친구는 생각이 바뀌었어요. 이제는 대학 안 가고 고향에서 살 거래요. 도시가 좋은 줄도 모르겠대요. 도시 간다고 돈 많이 번다는 보장도 없는데, 자기는 고향에서 먹고살 만큼만 벌고 행복하게 살 거래요.

저도 생각이 조금 바뀌었어요. 서울에 온 뒤부터 고향이 그리워요. 자주 생각나요. 투명하게 푸른 하늘과 계절마다 달라지는 마을 풍경, 세종대왕 동상과 철제 풍향계가 있던 학교 운동장, 할머니와 살던 집의 대추나무, 집에서 키우던 반려견 바리도요. 그리고 좋은 친구와 함께여서 따뜻했던 그 시절이요.

그 크리스마스 이후 J와 많이 친해졌어요. 지금 생각해 보니 '썸'이었던 거 같아요. J가 더 적극적이었어요. 해가 바뀌어 저는 2학년, 그는 3학년이 되어서도 나한테 '뭐 해?' 이런 톡을 자주 보냈어요. 장난처럼 내 머리를 만지기도 했어요. 그래서 저는 샴푸도 바꿨어요. 향이 좋은 제품으로요.

그런데 지금 생각해도 이상해요. J는 왜 나한테 사귀자는 말을 안 했을까요? 그런데 그 이유를 알 것도 같아요.

한번은 다들 모인 자리에서 흥행에 실패한 〈정신 나간 천사〉 영화에 대해 이야기했어요.

"걸그룹 출신이 연기 잘하기 힘든데, 다영이 완전 잘하지 않냐?"

"내 말이! 와! 다영이는 그냥 손태리더라. 얼굴도 예쁜 애가 연기를 어떻게 그렇게 잘하냐? 다영이마저 없었으면 그 영화는 백 프로 폭망이었을 거야."

"다영이 춤추는 장면 봤지? 걸그룹이니까 춤 잘 추는 건 당연한데, 원래 춤추는 장면은 원작에는 안 나오잖아. 그 춤이 뭐지? 발레도 아니고."

"현대 무용이잖아. 다영이 무용학과 다닐걸? 그래서 그 장면 집어넣었겠지. 강재경 반하게 하려고."

이런 얘기들을 나눌 때까지만 해도 몰랐어요. 〈정신 나간 천사〉가 가르쳐 주지 않는 인생도 있다는 걸요.

"좀 오바였어. 갈빗집 알바 주제에 뜬금없이 웬 무용?"

"영화잖아. 침대에서도 속눈썹 장착하고 자던데 뭘."

이 대목에서 J가 이런 질문을 했어요.

"근데 가난하면 무용 못 해?"

진지한 말투인 걸 보니 정말 궁금했나 봐요. 그러자 잘난 척 선배가 J를 쳐다보며 냉큼 대답했어요.

"야! 너는 달나라에서 왔냐? 당연히 못 하지. 무용 레슨비가 얼마나 비싼데."

그때 제가 나섰죠. 잘난 척 선배가 J를 무시하는 것 같아서 편들어 주고 싶었거든요.

"무용 가르쳐 주는 학교 있어요. 나, 초등학교 때 체육 시간에 무용 배웠어요. 동아리 활동까지 해서 무용 경연 대회도 나갔어요. 실용 무용이긴 했지만."

제가 말했어요. J와 둘이 있을 때는 반말과 존댓말을 섞어 말했지만, 여럿이 있는 자리에서는 깍듯이 존댓말만 했거든요.

"그거랑 전공 무용이랑은 다르지."

잘난 척 선배가 나를 아래위로 훑어보며 말했어요. 나는 '그런가?' 하며 금방 수긍했지요.

"그런데 너, 무용도 했었어? 와! 시골에서도 그런 걸 해?"

J가 나를 보며 말했어요. 지금도 궁금해요. 이 말은 과연 관심이었을까요? 그 웃음은 내가 좋아서 웃었던 건가요? 뭔가 이상했어요. 〈정신 나간 천사〉에는 이런 장면이 하나도 안 나왔거든요. 재경 오빠가 손태리한테 이런 표정 짓는 걸 본 적

이 없어요.

그해 어느 가을날이었어요. 그러니까 제가 2학년이고, J가 3학년이던 재작년이요.

J가 겨울 방학 동안 미국으로 어학연수를 간다는 거예요. 고등학교 입학을 앞두고 학원 대신 어학연수를 다녀온다니 다들 부러워했어요.

"다 좋은데, 올 겨울은 스키도 못 타겠네. 거긴 눈이 안 오는 곳이야."

"어딘데? 하와이라도 가냐?"

잘난 척 선배가 물었어요.

"애리조나주! 캘리포니아랑 가깝대. 사촌 형이 거기서 대학 다녀."

그때 제가 나섰어요.

"어? 애리조나? 나도 초등학교 4학년 여름 방학 때 거기 갔다 왔어요. 보름 동안이요. 거기 박물관에서 드림캐처 샀었는데, 지금 내 방에 있어요."

제 말에 다들 놀란 눈으로 나를 쳐다보았어요.

"대박!"

"진짜?"

"와! 너, 미국도 갔다 왔구나. 너희 집 부자야?"

이 질문을 한 사람은 잘난 척 선배였어요.

"그게 아니고요. 지방 자치 단체에서 해마다 초등 고학년 몇 명 보내 주는 프로그램이 있거든요. 거기에 뽑혀서 다녀온 거예요."

저의 해명에 잘난 척 선배가 떨떠름한 표정을 지었어요.

"야! 그거랑 어학연수랑 같냐?"

잘난 척 선배가 나를 내려다보며 말했어요. 온몸으로 저를 무시하는 태도였지요. '이거랑 어학연수랑 다를 건 또 뭐야?' J가 이런 말을 해 주길 기대했지만, 그의 표정도 비슷했어요. 제 말이 뭐가 문제였을까요? 왜 다들 나한테 실망한 거죠?

4

〈정신 나간 천사〉뿐 아니라 '올리브 퀸' 작가의 작품들은 엔딩이 비슷해요. 신분 차이 때문에 온 우주가 두 사람의 사랑을 방해하고, 주인공도 서로를 밀어내려고 노력하지만, '당신이 없으면 내 인생은 아무것도 아니'라는 걸 마침내 깨닫게 되는 거요. 그리고 키스로 사랑을 확인하죠. 그다음 그들의 인생이 어떻게 진행될지 우리는 몰라요. 해피엔딩인 관계로 그리하여 둘은 잘 먹고 잘 살았겠지요, 뭐.

그런데 그 둘은 오랫동안 진짜 행복했을까요?

아닐 거 같아요. 손태리 성격을 보면 재경 오빠네 집안이랑 잘 맞춰 가며 못 살 거 같아요.

"웹툰은 그냥 만화로 봐야지, 뭘 또 따지고 그래?"

당장 이런 반응이 쏟아질 거라는 거 알아요. 하지만 따지게 되더라고요. 왜냐하면 〈정신 나간 천사〉는 제 인생작이었 잖아요.

손태리가 유쾌한 덜렁이여서 강재경이 '정신 나간 천사'란 별명을 붙여 준 거잖아요. 둘은 조금씩 스며들어 서로를 사랑하게 된 거고요. 그래서 온갖 난관을 뚫고 결혼하기로 하지요.

그런데 그게 전부인가요? 손태리는 왜 자연스럽게 강재경 집안으로 편입되는 건가요? 손태리는 강재경네 집안 풍습에 맞추려고 갖은 노력을 다하는데, 강재경은 손태리네 가족에게 별 관심이 없어요. 혹시 강재경이 손태리를 무시했던 건 아닌가요?

예전에는 이런 문제가 안 보였어요. 결혼 허락이 떨어지는 장면에서는 드디어 사랑이 이루어졌다고 마냥 기쁘기만 했지요. 그런데 시간이 지날수록 이건 아닌 거 같다는 생각이 들어요.

누구든 과거를 바꿀 수는 없잖아요. 내가 시골에서 할머니랑 살았다는 건 자랑스러울 것도 부끄러울 것도 없는, 그냥 나의 역사예요. 누군가의 출신에 대해 평가하려고 든다면, 그건 사랑이 아닌 거 같아요.

시간이 지나도 잊히질 않았어요. J가 나한테 '시골 출신'이라고 발음할 때 그 묘한 표정이요. 대체 시골을 어떻게 생각했기에 무용도 못 배울 환경이라고 여겼던 걸까요? 내가 애리조나에 가 봤다는데 반가워하기는커녕 '뭐래? 시골 출신이 외국도 가?' 하는 표정은 왜 지었던 걸까요?

이후에도 J와 나는 썸 기류를 유지했지요. 그는 수업이 끝나면 자주 우리 교실로 왔어요. 같이 하교하려고요. 농담을 주고받고, 재미있는 영상을 공유하기도 했어요. 사귀지는 않았지만 사귄 거나 마찬가지였어요. 미국에 다녀와서는 바쁠 텐데도 저를 불러내 열쇠고리도 선물해 줬어요.

그런데 제 마음이 서서히 식어 갔어요. 그가 내 첫사랑이라는 사실은 변함없지만, 그와 함께 있으면 자꾸만 내 인생이 부정당하는 것 같은 느낌을 지울 수가 없었어요.

J와 함께 그가 어릴 때 살았던 아파트 단지에 가 본 적이 있어요. 축구 교실 다녔다던 체육관에도 가 봤고, 존경한다는 그의 부모님 사진도 같이 봤어요. 그가 좋아하는 음악이면 나도 좋았고, 그가 응원하는 야구팀이면 저도 응원했어요. 누군가를 좋아하면 자연스럽게 이렇게 되지 않나요?

그때는 몰랐는데, 서울에 와서야 알았어요. 할머니가 저를 엄청나게 예뻐하고 사랑해 주셨다는 걸요. 큰아버지와 큰엄마 역시 저한테 관심도 없는 줄 알았는데, 지금 생각해 보니 아니었어요. 큰엄마는 로션도 샘플만 쓰는 분이에요. 외출할 때 입는 옷도 딱 한 벌인데, 그것도 10년 전에 산 옷이라고 하더군요. 이렇게 검소한 분이 저한테 용돈도 자주 주시고, 가끔 옷도 사 주시고, 체험 학습 가는 날은 돼지고기 장조림을 만들어 오시기도 했어요. 그런 걸 해 주시면서도 생색 한번 낸 적 없어요. 말씀을 안 하시니 저를 아낀다는 걸 몰랐던 거죠.

어릴 때 얘기를 하면 J의 반응은 한결같았어요. 하품을 하거나, 피식 웃거나, 가끔 이런 말을 했지요.

"지금은 서울에 살게 되었으니 얼마나 다행이야."

그의 이런 태도가 제 심장에 타오르던 사랑의 촛불을 하나둘씩 꺼트린 거예요. 난 한 번도 서울에 와서 다행이라는 말을 한 적이 없어요. 그런 생각을 한 적도 없고요. 그냥 J의 판단인 거죠.

이건 존중의 문제라기보다 세계관의 차이인 거 같아요. 서울에서 살아 보니, 서울이 별거 없다는 걸 알겠더군요. 좁은 나라에서 서울에 사는 게 뭐 그리 대단하다고 시골 출신인 나를 무시했던 걸까요? 그 애들이 모르는 게 있어요. 인간과 자연은 변할 수밖에 없다는 거, 필요 이상의 욕심을 내면 망한다는 거, 주변 환경과 조화를 이루며 살아야 서로 행복해질 수 있다는 거, 뭐 이런 것들이요. 이런 건 시골 살면 자연스럽게 알게 되는 거거든요. 이게 왜 중요하냐고 물으면, 도시의 언어를 완벽히 습득하지 못해서 설득력 있게 대답할 자신은 없어요. 그런데 중요해요. 욕심이나 질투 같은 부정적인 감정을 자연스럽게 조율하는 법을 알게 되거든요. 어쨌든.

할머니랑 살던 내 과거를 좋아해 주지 않아도 됩니다. 상대방의 모든 걸 좋아할 수는 없잖아요. 그렇지만 사랑은 상대방의 세계를 받아들이는 거예요. 내 인생에서 할머니를 그리고 내가 자란 고향을 삭제시키는 사람을 더 이상 좋아할 수는 없더군요. 전 제 인생이 마음에 들어요. 이제는 알아요. 누구도 내 인생을 평가할 권리는 없어요.

그는 나의 무엇을 좋아한 걸까요? 하긴 입장을 바꿔서 생각하니 나라도 자기 좋다는 사람을 곁에 두고 싶을 거 같아요. 맞아요. 내가 자기를 좋아하는 줄 아니까 나랑 어울렸던 거예요. 진지하게 좋아했다면 사귀자고 했겠지요.

눈치가 빨라서 저도 알았던 거 같아요. 그의 감정이 딱 여기까지라는 걸요. 그래서 먼저 고백하지 못했어요. 내가 고백하면 '어? 너 날 좋아했어?' 하며 발 뺄 거 같았어요.

J가 나의 변화를 눈치챈 건지 아니면 고등학교 가서 여자친구가 생겼는지 모르겠어요. 어쨌든 그가 고등학교에 간 이후 우리는 진짜 남처럼 되었지요.

'올리브 퀸' 작가의 작품들도 미처 알려 주지 않은 진실이 있다는 사실을 저는 그때 깨달았어요. 〈정신 나간 천사〉를 비롯해서 그분의 모든 작품에서는 여자가 태어나고 자란 세계를 인정하지 않더라고요. 여자 주인공은 세상 모든 걸 다 가진 남자의 선택을 기다리는 존재일 뿐이었어요. 둘의 사랑이 이루어지는 서사는 여자가 자기 고향을 버리고 남자의 세계로 편입되는 거더라고요.

"너, 이 과자 좋아했지?"

J가 치즈스틱을 내밀었어요. 매점에서 사 온 봉지 안에는 과자와 음료, 빵도 몇 개 있더라고요. 급식을 먹지 않았으니 그는 배가 고팠을 거예요.

"고마워요."

과자를 받아 들며 내가 말했어요. 저는 이제 치즈 과자를 좋아하지 않아요. 입맛이 변했어요. 나의 존댓말에 그가 약간 놀란 거 같더라고요.

입맛만 변한 게 아니라 생각도 자꾸 변하는 거 같아요. 언젠가부터 고향에 가고 싶어졌어요. 농사로 부자가 되는 방법을 제가 좀 알거든요. 친구랑 카페를 차려도 괜찮고요. 인터넷 쇼핑몰과 SNS를 잘 활용하면 성공할 수 있을 것도 같아요.

무엇보다 그곳의 대기와 풍경을 놓치기가 아까워요. 아까도 말했지만 이건 살아 보지 않으면 몰라요. 값을 매길 수 없는 근사한 세상이 존재한다는 것을요.

"너, 남자 친구 있어?"

그가 나를 쳐다보며 물었어요. 눈이 마주쳤는데, 내 심장은 아무런 동요가 없었어요. 그런데 오랜만에 만난 후배한테 이런 말을 왜 할까요?

"아니요. 근데 왜요?"

"십 대 때는 연애가 필수잖아."

누가 그래요? 하고 말하고 싶었어요. 대체 저런 헛소리를 왜 나한테 하는 건가요? J는 내가 좋아하던 그 사람 맞나요? 아니면 그도 변한 걸까요? 나는 아무 대답도 안 하고 치즈 과자만 먹었어요. 과연 맛이 없더라고요. 나는 할 말이 없어서 빈 목련나무만 쳐다보았어요. 조금 있으면 저 목련나무에도 꽃이 피겠지요.

"남자 친구가 없다니, 너 아직도 나 못 잊은 거야?"

그가 농담처럼 말했어요. 내가 쳐다보자 자기도 뜨끔했는지 겸연쩍게 웃더라고요.

"제가요?"

"농담이야, 농담! 그런데 너, 나 좋아했던 거 맞잖아."

빵 봉지를 뜯으며 그가 말했어요. 그동안 J한테 무슨 일이 있었을까요? 사람이 좀 찌질해진 거 같아요.

"내가 그랬나?"

앞만 쳐다보며 제가 말했어요. '기억 안 나는데요' 이 말까지 하려다가 참았어요. 내 말에 J가 어떤 표정을 지었을지 궁금했으나 쳐다보지 않았어요. 그때 5교시 시작종이 울려서 우리는 벤치에서 일어났지요.

현관에서 손 인사를 하고 교실로 올라왔어요. 평범한 날들처럼 5교시, 6교시, 7교시가 지나갔어요.

집에 와서도 별 생각이 없었어요. 그런데 일과가 끝나고 자려고 누웠더니, 차츰차츰 그 일이 떠올랐어요. 그러더니 그 일은 곧 홍수처럼 내 머릿속을 가득 채웠어요. 잊히질 않아요.

헤어질 때 나를 낯설게 바라보던 그의 눈빛이요. 그래도 마음이 아파요. 명색이 첫사랑이었잖아요.

이렇게 내 첫사랑이 끝났구나 싶었어요. 맞아요. 제가 선배의 말을 못 알아들은 체했어요. 비겁한 거 알아요. 정직하려면 이렇게 말했어야 했어요.

'그때 선배 많이 좋아했어요. 선배는 내 첫사랑이잖아요. 그런데 지금은 아니에요.'

좋게 마무리할 수도 있었는데, 제가 왜 그랬을까요? 저 참 못됐죠?

시대가 바뀌었나 봐요. '올리브 퀸' 작가 작품들은 이제 안 먹히는 거 같아요. SNS에 '강재경'을 이상형이라고 써 놨더니 '누구?'라는 댓글이 달렸더라고요. 그렇지만 〈정신 나간 천사〉는 내 영혼의 역사예요. 그래서 이 카페를 떠날 수가 없어요.

글쓰기 시작할 때는 혼란스러웠는데, 쓰다 보니 어느새 마음이 편해졌어요. 제 첫사랑을 추억의 앨범에 저장하기 전에 함께 나누고 싶었어요. 긴 글 읽어 주셔서 고맙습니다. 다들 안녕히 주무세요!

황영미   세상 사람 모두가 행복하면 좋겠다는 오랜 꿈은 시들지도, 닳지도 않아요. 불가능한 이 꿈이 저를 글 쓰는 사람으로 만든 거 같아요. 그래서 우리 안에 페이스트리처럼 촘촘하게 스며든 차별과 혐오가 잘 보이나 봅니다. 저는 문학이 사람과 사람을 이어 주고, 소금처럼 꿋꿋하게 우리를 사랑만 하면서 사는 세상으로 이끈다고 믿어요. 어제보다 조금 더 행복해지기를 바랍니다.

나와 함께 트와일라잇을

조우리

두통은 존재에 미세한 균열을 일으킨다. 처음에는 딱딱, 딱따구리가 관자놀이를 정중하게 노크하듯 두드리는 것으로 시작한다. 그리고 점차 박자와 세기의 일관성을 잃으며 집요하게, 오랜 시간 지속된다. 이 혼란스러운 통증이 반복될수록 나는 내가 금이 가고 있음을 깨닫는다. 내가 움직일 때마다, 걸음을 걸을 때마다 자칫 잘못하면 내 몸과 영혼이 와장창 부서져 버리지는 않을까 두렵다. 그래서 되도록 조용히 숨 쉬고 조용히 움직이고 조용히 말한다.

오랜 시간 원인 모를 두통에 시달렸다. 그리고 거짓말처럼 어느 날 두통은 사라졌다.

하지만 나는 지금도 조용히 숨 쉬고 조용히 움직이고 조용히 말한다. 막연한 불안감을 느끼며. 나는 두통을 통해 삶을 두려워하는 법을 배웠다.

●

성적표가 나오자 웅성거리던 아이들에게서 소리가 뽑혀 나간 것처럼 교실은 조용해졌다. 내 성적표를 힐긋대는 짝의 눈길을 피해 손바닥으로 가리고 점수를 확인했다. 생각보다 더 많이 하락했다. 성적표를 구기다시피 가방 속에 집어넣다 담임과 눈이 마주쳤다. 담임은 입 모양으로 '잠깐 보자'고 말했다. 동시에 하교를 알리는 종이 울렸다.

"학교에 적응하기가 힘드니?"

고개를 좌우로 흔들자 담임은 내 어깨를 부드럽게 두드리며 말했다.

"성적이 저번 학교에서보다 많이 떨어졌길래. 괜찮아. 기죽지 말고, 또 열심히 하면 되지. 선생님은 믿는다."

뭘 믿는다는 건지. 나를? 내 성적이 오를 것을? 성적이 오르지 않아도 굳게 살아갈 나를? 물어보진 못했다. 복도에 아이들이 쏟아져 나오자 담임은 다시 내 어깨를 두드리곤 계단을 내려갔다.

"담임이 뭐래?"

교실로 돌아오자 누군가 물었다.

"공부 열심히 하래."

"성적 많이 안 좋아?"

"완전 망했어."

"엄살 아니야?"

그렇게 말하면서도 왠지 그 애의 얼굴은 기뻐 보였다. 이상하게 아이들은 성적이 떨어진 이야기를 하면서 서로들 기뻐한다. 성적이 올랐다는 말보다 훨씬 동질감을 주는가 보다. 아빠의 걱정스러운 얼굴이 떠오르자 나도 모르게 깊은 한숨을 내쉬었다.

두통이 시작된 건 세 달 정도 되었다. 전학 온 시점과 같았다. 처음엔 타이레놀로 버틸 만했는데 점차 더 심해져 부모님께 말씀드릴 수밖에 없었다. CT촬영에 이어 MRI까지 찍고 저명한 뇌의학과 교수도 만나 봤지만 원인은 찾을 수 없었다. 그냥 그 나이 때, 중고등학생 때 학업이나 교우 관계 스트레스로 두통이 오는 건 매우 흔한 일이라는 말을 들었을 뿐이었다. 그리고 신경정신과로 연계해 준다며 의뢰서를 써 줬다. 아빠는 집에 돌아와 그 종이를 박박 찢어 버렸다. 아빠의 마음이 이해가 가는 한편 저렇게 박박 찢어 버릴 건 또 뭔가 싶었다. 그 후로 두통 치료에 탁월하다는 한의원에 가 침도 맞아보고 한약도 먹어 보았지만 차도가 없었다.

그 뒤로 할 수 있는 건 그저 두통이 오면 이부프로펜 계열의 진통제와 아세트아미노펜 계열의 진통제를 주의 깊게 교차 복용하며 견디는 일뿐이었다. 아빠는 여차하면 저번 학교로 재전학까지 생각하는 듯했다. 고등학교 배정을 생각해 학군이 좋은 곳으로 전학을 왔지만 두통은 예상 밖의 변수였다.

나는 자괴감에 시달렸다. 하다못해 초등학교 때부터 늘 일등이었고 중학교에 와서도 최상위권의 성적을 유지해 왔다. 엄마는 원래 내 성적이나 등수에 별 관심을 가진 적이 없었지만 아빠는 달랐다. 내 성적표와 상장들을 차곡차곡 모았고 반장이 되면 파티를 열어 줬다. 내신을 중요하게 생각해 교내외에서 열리는 크고 작은 행사에 빠짐없이 참여하길 원했고, 아무리 작은 대회에 나가더라도 회사를 빠지고 응원하러 왔다. 나는 나를 자랑스러워하는 아빠를 바라보는 게 좋았다. 얘가 내 딸이라고, 공부며 운동이며 못 하는 게 없다고 누군가에게 나를 소개할 때면 나도 모르게 얼굴이 빨개졌지만 아빠의 손을 더욱 꼭 붙잡곤 했다.

한 번도 보지 못한 점수를 가방에 담고 무거운 마음으로 교문을 나섰다. 학원도 빠지고 작은 꽃다발을 사서 집으로 향했다. 오늘은 부모님의 결혼기념일이었다. 성적표를 보여 주기에 확실히 좋은 날은 아니었다. 집에 도착하니 샤워도 하지 않은 채 엄마는 소파에 누워 있었다.

"엄마, 나갈 준비 안 해?"

"……가기 싫어."

"그래도 아빠가 신경 써서 예약한 건데, 얼른 일어나."

"결혼기념일이라고 스테이크 먹는 거 너무 웃기지 않니?"

엄마의 말에 대꾸하지 않고 옷방으로 갔다. 아빠가 골라 놓은 옷이 거울에 걸려 있었다. 앞부분에 작은 흰색 리본이 달린 네이비 색 원피스였다. 대한민국 중학생이라면 절대 입지 않을 것 같은 스타일이었지만 군말 않고 몸에 걸쳤다. 아빠는 셋이 나갈 때면 이렇게 내가 입을 옷과 엄마가 입을 옷을 골라 놓는다. 우리가 방문할 장소와 어울리는지, 세 가족이 서로 조화로운지를 염두에 두고 고른다고 한다. 자주도 아니고 가끔이니 나야 별 생각 없이 아빠가 골라 준 옷을 입었지만 엄마는 끔찍하게 싫어했다. 몸의 라인이 드러나는 옷도, 하이힐도, 함께 준비된 반짝이는 액세서리도 모두 끔찍하다고 했다. 하지만 결국 엄마는 입고 신고 착용했다. 아빠는 절대 화를 내거나 소리를 지르는 사람이 아니었고 조곤조곤 설득하는 타입이었는데 그 끈질김에 당할 사람은 아무도 없었다. 게다가 그것들은 누가 보기에도 엄마에게 잘 어울렸다. 평소에 입는 낡고 늘어난 티셔츠 쪼가리들보다 훨씬 그랬다.

흰 블라우스와 무릎 아래로 부드럽게 떨어지는 스커트를 입은 엄마를 보자 아빠의 눈은 반달이 되었다. 기분이 좋을 때면 아빠 눈은 금세 반달이 되었고, 그건 내가 가장 사랑하는 아빠의 신체 기관이었다. 나는 아빠에게 준비한 꽃다발을 내밀었고 아빠는 다시 그것을 엄마에게 내밀며 말했다.

"꽃에게 꽃 선물."

엄마의 표정이 조금 어두워졌다. 나는 둘의 눈치를 살폈다. 아빠는 그냥 '아름답다'거나 '사랑한다'고 말하면 될 것을 꼭 이상한 표현으로 엄마의 기분을 상하게 한다. '주머니에 넣고 다니고 싶다'거나 '인형처럼 예쁘다'거나. 모두 엄마가 싫어하는 표현들이다. 아빠는 나쁜 사람은 아닌데 어느 면에서 조금 센스가 없다. 문제는 최근에 엄마가 아빠의 그런 점을 더 못 견디어 한다는 것이다. 그리고 아빠는 더더욱, 그런 엄마를 이해하지 못한다.

예약된 레스토랑은 서울 시내가 모두 내려다보일 만큼 높은 곳에 있었다. 약 세 시간에 걸쳐 길고 긴 저녁을 먹었다. 샴페인을 마시며 아빠가 말했다.

"이 샴페인 이름은 뵈브 클리코인데 '뵈브'가 무슨 뜻인 줄 알아? '과부'란 뜻이야. 클리코 여사가 남편이 죽고 나서 와이너리를 혼자 맡았는데 그걸 기리느라 이런 이름을 붙인 거야. 당신은 내가 죽으면 이렇게 씩씩하게 살아갈 수 있겠어?"

"응."

아빠는 농담식으로 물었는데 엄마는 단호하게 대답했다.

"게다가 당신이 죽지 않더라도 혼자서 씩씩하게 살아갈 수 있어."

이렇게 덧붙인 뒤 엄마는 우아하게 핑크빛 샴페인을 입으로 가져갔다. 레스토랑의 공기가 2도쯤 내려갔다.

"그래, 결혼기념일에 듣기 좋은 말이네."

아빠는 웃으며 말했다. 하지만 나는 안다. 아빠는 화가 나면 저런 식의 화법을 쓴다.

●

낮은 목소리로 긴 말들이 이어지는 밤들에 대해 알고 있다. 주로 내 방에 누워 듣게 되는데 내용은 전혀 들리지 않고 웅얼거리는 울림만이 벽을 타고 전달된다. 아빠의 억양은 단조로웠지만, 엄마의 억양은 높아지다 낮아지다 흔들리다 깨지다 했다. 때론 모든 말들이 뭉개지는 소리와 함께 일정한 박자를 가진 낮은 흐느낌으로 들려왔다. 한번은 무슨 이야기를 하는지 듣기 위해 안방 문 앞까지 간 적이 있다. 엄마는 계속 같은 말을 하며 애원했고 아빠는 여러 말들을 써 가며 설득했다. 문틈에서 새어 나오는 깨진 단어들의 조각이 두려워 방으로 도망치듯 돌아왔다. 긴 말들의 긴 밤들은 최근 심해졌고 자주 되풀이됐지만 나는 모른 척했다.

●

가끔 아빠가 출장을 가 들어오지 않는 밤이면 엄마는 밤새 거실에서 영화를 봤다. 밤 10시에 잠들고 아침 6시에 일어나는 일은 우리 가족에게 정언 명령과도 같은 일이었기에 아빠의 부재는 엄마의 자유를 뜻했다. 언젠가 한밤중 화장실에 가려다 영화를 보며 펑펑 울고 있는 엄마를 본 적이 있었다. 다음 날 학교에서 돌아와 잠든 엄마 몰래 영화를 재생해 봤다. 영화의 제목은 〈디 아워스〉. 영화 속에서 아이의 엄마는 남편의 생일 케이크를 만들다 말고 아이를 버리고 집을 떠난다. 그리고 긴 시간이 흘러 어른이 된 그 아이는 자신의 생일날 창문 밖으로 몸을 던진다.

●

내가 어릴 적, 엄마는 지금처럼 자주 울지 않았다. 지금처럼 식물만 그리지도 않았다. 내가 태어났을 때 엄마는 몇 번의 전시 경력이 있는, 막 이름이 알려지기 시작한 화가였다. 하루는 엄마와 거실의 흰 벽 가득 그림을 그린 적도 있었다. 온갖 미술 도구를 다 꺼내 와 하루 종일 그림을 그렸고 마침내 아빠가 올 무렵에 그것을 완성했다. 그날 아빠의 백지장 같던 얼굴을 기억한다. 다만 색채로 가득한 건 벽뿐만이 아니었고 엄마와 나, 바닥과 가구들도 마찬가지였는데 아빠는 그 그림들이 하나도 보이지 않는다는 듯이 행동했다. 나는 그런 아빠가 왠지 웃겨 한참을 깔깔 웃었다. 다음 날 벽은 다시 새하얀 페인트로 칠해졌고 바닥과 가구 역시 흔적 없이 말끔해져 있었다. 그리고 나는 깔깔 웃은 전날의 내 행동을 오래 부끄러워했다.

●

2교시쯤 시작된 두통은 타이레놀 두 알을 먹어도 점심시간까지 사라지지 않았다. 급식을 건너뛰고 엎드려 있는데 누군가 책상을 툭툭 쳤다. 고개를 들어 보니 얼굴은 낯익은, 그러나 이름은 도무지 기억나지 않는 애가 날 내려다보고 있었다.

"많이 아픈가 해서."

"괜찮아."

"보건실에 데려다줄게. 애들이 교실에서 책상 밀고 춤 연습한대."

한 번도 말한 적 없는 애가 나를 염려하는 것은 참 이상한 경험이었다. 차마 거절할 수 없어 자리에서 일어났다.

"두통이 심하다면서."

"그게 소문까지 났어?"

"요새 많이 안 좋아 보이긴 해."

학교 축제를 앞두고 이런저런 연습으로 소란한 복도를 지나며, 나는 그 애의 이름을 기억해 내기 위해 필사적으로 애썼다. 지우개로 그 애의 이름을 싹 지워 버리기라도 한 것처럼 단 한 글자도 떠오르지 않았다.

"이영이."

"뭐?"

"내 이름. 이영이라고."

내 마음이라도 읽은 걸까. 그 애가 자신의 이름을 말했다.

"이제 우리 반에서 내 이름 아는 사람, 한 명 생겼다."

뭐라 답해야 할지 몰라 애매하게 웃었는데 머리가 지끈 울렸다. 나도 모르게 머리를 감싸 안고 자리에 주저앉았다.

"많이 아프구나."

영이가 옆에 쪼그리고 앉으며 내 손을 머리에서 천천히 떼어 냈다.

"여기야?"

서늘한 손가락이 관자놀이에 닿았다. 영이는 손가락 두 개로 둥글게 원을 만들며 내 관자놀이를 부드럽게 마사지했다. 거짓말처럼 욱신거리는 통증이 서서히 멀어졌다.

그 뒤 보건실에 가서 누운 나는 오후 수업이 끝날 때까지 까무룩 잠이 들었다. 꿈도 통증도 없는 깊은 잠이었다. 일어나니 믿을 수 없을 만큼 몸이 가벼워 무엇이든 할 수 있을 것 같은 기분이었다. 오랜만에 학원에서도 독서실에서도 백 퍼센트 집중력을 발휘할 수 있었다.

'영이 손이 약손이었어.'

어제까지 존재도 이름도 모르던 애였지만 정말 고마운 마음이 들었다. 다음 날 답례로 초콜릿을 챙겨 갔다. 하지만 영이는 교실에 없었다.

"이영이 안 왔어?"

"이영이? 그게 누군데?"

짝에게 물었지만 전혀 알지 못했다. 혹시 몰라 교탁 위 출석부를 확인했다. 분명히 이영이가 있었다. 사진 속 얼굴이 더더욱 낯설어 보이긴 했지만. 이렇게 작은 공간에서 많은 날들을 함께 지내면서도 서로가 서로를 전혀 모를 수 있다는 게 새삼 낯설었다.

며칠 후 또다시 안방에서 흘러나오는 길고 낮은 목소리들에 밤새 한숨도 못 자고 학교에 갔다. 오전부터 체육 수업이 있었고, 매번 체육 시간마다 교무실로 찾아가 두통을 이유로 수업에 빠질 허락을 받는 행위도 지긋지긋하게 느껴졌다. 일단 운동장에 나가 대충 하는 시늉을 하다가 체육 선생님이 안 보는 사이 대열에서 빠져나왔다. 교실까지 가다간 걸릴 것 같아 가까운 체육 창고로 들어갔다.

뜀틀이니 발판이니 하는 것들이 충분히 햇볕을 받아 따뜻한 온도를 품고 있었다. 구석으로 들어가려다 소스라치게 놀랐다. 쌓아 놓은 매트 위에 영이가 아무렇게나 누워 있었다.

"너 왜 여기 있어?"

나의 물음에 영이는 놀라지도 않고 대답도 없이 천천히 눈을 떴다.

"두통?"

"아니, 잠을 못 자서……."

"잘 찾아왔네. 여기 진짜 잠 잘 와."

나는 또 다른 매트 무더기로 가 자리를 잡았다. 아득하게 먼지 냄새와 가을볕 냄새가 났다. 시간이 멈춘 것처럼 창고 안은 고요했다.

"여긴 다른 세계 같네."

내 말에 영이가 다른 세계 맞지,라고 작게 중얼거렸다. 나는 다시 잠들며, 왜 얘를 만나면 항상 이렇게 잠드는 것일까 생각했다. 그래 봤자 두 번의 만남이었지만 다음은 어떨지, 벌써 다음에 대해 생각하며 잠 속으로 빠져들었다.

그날 이후 체육 시간마다 나는 체육 창고로 갔다. 나중에는 교실 간 이동 수업이 있을 때도 체육 창고로 갔다. 곧 있을 축제로 학교는 온통 들떠 있었고 선생님들마저도 산만해 보였다. 2학기 중간고사 직후여서 그런지 수업마다 출결 체크도 엄격하지 않았다. 누군가 나의 부재를 알게 되더라도 또 두통으로 조퇴를 했거나 보건실에 갔거니 했을 것이다. 나는 점점 대담해져 아무 때고 체육 창고로 갔다. 나의 두통은 희한하게도 영이와 있으면 나아졌다. 영이는 그곳에 있을 때도, 없을 때도 있었다. 고작 낮잠을 자거나 짧은 대화를 나누었을 뿐인데, 그 애와 아주 가까워진 기분이 들었다. 하지만 영이가 어디에 사는지, 전화번호는 뭔지, 왜 교실에선 보기 힘든지 아무것도 묻지 않았다. 체육 창고에서만은 다른 시공간에 있는 것처럼 그 애를 대했다. 적어도 그 애는 학교생활의 연장선에 존재하지 않았다.

●

엄마는 점점 더 집을 식물들로 채웠다. 안 그래도 수많은 화분들로 어지러운 엄마의 작업실은 열대 식물을 기르느라 온도와 습도까지 높아져 온실화되었다. 엄마를 제외하고는 아무도 그곳에 들어가지 않았다. 묘하게, 무언가 썩고 있는 냄새가 났다. 아빠마저도 부쩍 예민해진 엄마를 자극하지 않으려는지 아무 말도 하지 않았다. 엄마가 작업실에서 머무는 시간은 점점 길어졌다. 그리고 갑자기 엄마는 이제 고기를 먹을 수 없다고 말했다.

추석에는 전을, 설에는 소고기가 듬뿍 들어간 떡국을, 생일에는 불고기와 잡채를, 결혼기념일에는 스테이크를 먹어야 하는 게 아빠가 생각하는 가정의 완전성이었다면, 엄마의 한마디로 그것은 와장창 파괴되어 버렸다. 엄마는 까탈스러운 작은 초식 동물처럼 굴기 시작했고 고기를 보면 구역질을 했다. 엄마의 끼니는 곧 샐러드로만 채워졌다. 그러자 아빠는 가족과 함께하는 저녁 식사 자체를 피해 버렸다. 어둠이 내리면 집에는 긴 침묵이 찾아왔고 텅 빈 부엌엔 홀로 앉은 엄마가 내는 풀 씹는 소리만 가득했다. 엄마는 누군가에게 보란 듯이 아주 오래오래 그것들을 씹어 삼켰다. 그럴 때 엄마의 눈동자는 가장 높은 와트의 형광등을 켠 것처럼 이상하게 빛났다. 그런 눈동자를 본 기억이 있다. 로드킬을 당한 고라니의 눈동자였다. 나도 더 이상은 엄마와 함께 식사할 수 없었다.

●

영이가 내게 그 이상한 고백을 한 날은 비가 왔다. 체육 수업 대신 교실에서 배구 경기 영상을 틀어 줬고 아이들은 제각기 딴짓을 했다. 조용히 교실을 빠져나왔다. 영이는 체육 창고 안 작은 창문 앞에 서서 비가 내리는 걸 바라보고 있었다. 안개처럼 옅고 뿌연 비였다.

"어딘가 거대한 가습기를 틀어 놓은 것 같네."

"넌 내가 누군지 알아?"

갑작스러운 질문에 나는 당황했다. 그런 질문은 독서 기록장 같은 데 몰래 쓰는 거 아닌가.

"누군데?"

"난…… 뱀파이어야."

영이는 곧바로 킬킬 웃었다. 그 애의 의도는 모르겠지만 난 별로 웃기지 않았다.

"믿지는 않겠지만."

"근데 왜 말하는 거야?"

"비도 오고 해서."

그럴듯했다. 우리는 날씨 하나에도 충분히 감정 널뛰기를 할 수 있는 열여섯 살 소녀들이니까. 그래도 뱀파이어라니 좀 심했다. 염력이라거나 사이코메트리라면 좀 납득할 수 있었을지도 모르는데.

"지금쯤 낮의 태양에 불타서 사라져야 하는 거 아니야?"

"인간계만 발전한 게 아니야. 뱀파이어계도 발전하고 있어."

영이는 뱀파이어도 백신을 통해 햇빛에 대한 방어력을 키울 수 있다고 말했다.

"여전히 인간의 피도 먹어?"

영이는 잠시 망설이다 일종의 로켓배송 같은 방식으로 집에서 편히 받아 볼 수 있다고 했다. 혈액이 든 박스가 가득한 택배 트럭을 상상하니 조금 아찔해졌다.

"그런데 왜 중학생 같은 걸 하고 있는 거야?"

"……뱀파이어가 된 지 얼마 안 됐거든. 혼자선 심심하기도 하고."

심심한 뱀파이어인 영이는 뱀파이어 종족이 파편화되어 대부분 홀로 살아간다고 덧붙였다. 시간은 좀처럼 흐르지 않고 아무런 할 일도 없어 이 무한한 시간을 어떻게 사용해야 좋을지 아직도 모르겠다며.

"너 〈트와일라잇〉 봤어?"

내가 묻자 영이는 고개를 끄덕였다.

"거기 보면 뱀파이어들이 무지 아름답고 능력도 엄청나던
데……."

"나도 있어, 능력."

"어떤 건데?"

영이가 손을 뻗어 내 정수리에 얹었다. 약을 먹은 후에도
둔탁하게 남아 있던 두통이 서서히 잦아들었다.

"설마 치유력?"

"타인의 고통, 슬픔, 아픔, 절망 같은 것들을 뽑아낼 수 있
어. 그런 다음 내 에너지로 전환시키지."

말문이 막혀 영이를 따라 영이의 정수리에 내 손을 얹어 보
았다. 얘가 이렇게 엉뚱해서 친구가 없구나 싶었다.

"나한테 에너지를 뽑아 먹기 위해 접근했다 이거지."

"고통을 가진 인간만이 나를 발견할 수 있지."

우리는 서로의 머리에 손을 올린 채 한동안 가만히 있었다.

"네가 정말 뱀파이어라면, 증명을 해 봐."

"싫어."

"왜?"

"내가 왜, 내가 누군지 증명해야 돼?"

그때 쉬는 시간을 알리는 종이 울렸다. 영이와 나는 손을

내리고 조금 어색해진 상태로 서로에게서 떨어졌다. 다음 시간은 담임의 과목이라 돌아가야 했다.

"어항 속 물고기에게 초록 들판에 대해 말해 준다 한들."

혼잣말인지 내게 하는 말인지 알 수 없는 영이의 중얼거림을 뒤로한 채 나는 체육 창고를 빠져나왔다. 나는 뱀파이어가 아니어서 담임의 수업 시간에 내 존재를 증명해야만 했다.

그날 이후로 우리는 많은 이야기를 나눴다. 주로 영혼과 죽음에 대한 이야기였다. 영이는 죽음과 관련된 모든 것을 좋아했다. 장례식, 무덤, 관, 묘비명, 영혼의 세계……

"오직 죽음으로 인해 생의 모든 순간이 의미를 가지는 거야."

영이는 세 번의 자살 시도를 해 봤다고 했다. 하지만 뱀파이어이기 때문에 모두 실패했다. 기쁨도 슬픔도 고통도 절망도 아픔도, 이제는 죽음과 닿을 수 없는 자신의 영생에선 아무런 가치도 없다고 말했다.

"죽기 위해 엄청 노력했어. 하지만 매번 실패했고 그러고 나서야 비로소 내가 어떤 존재인지 받아들일 수 있었어. 나는 이 삶을 견뎌야 해."

가을이 깊어지며 짧아지는 해로 인해 길어진 황혼을 함께 바라보며, 그런 말들을 내뱉는 영이의 옆모습은 조금 쓸쓸해 보였다. 그 애가 뱀파이어든 아니든 눈을 돌리면 연기처럼 사라져 버릴 것만 같은 위태로운 존재감이 느껴졌다. 나는 그게 두려워 영이의 손이나 옷자락 같은 것을 내내 쥐고 있었다. 인간의 시간도 좀처럼 흐르지 않는 그런 계절이었다.

●

학교에서 돌아오니 나나 이모의 신발이 놓여 있었다. 엄마의 오랜 친구로 어릴 적부터 본 사이였지만 최근 몇 년간은 뜸했는데 웬일인가 싶었다. 점심 먹은 것이 체한 데다 두통이 점점 심해져 조퇴를 하고 나왔다. 아무래도 병원에 가야 할 것 같았다. 집은 절간같이 고요했다.

엄마의 작업실 문을 열자 덥고 습한 기운이 얼굴에 혹 끼쳤다. 엄마의 식물들은 아무렇게나 마구 웃자라 있었고 어딘지 모르게 조금씩 지쳐 있는 것처럼 보였다. 유화 물감 냄새와 늪지 냄새 같은 것들이 엄마의 체취와 뒤섞여 있었다. 그리고 열대의 꽃향기까지. 붉고 노랗고 흰 꽃들이 여기저기서 달큰하고 강렬한 향을 내뿜고 있었는데 바깥의 회색 하늘과 대비되어 비현실적으로 느껴졌다.

몇 발자국 더 안으로 들어가자 작업실 베란다에 엄마와 나나 이모의 모습이 보였다. 엄마를 부르려는 순간, 반투명한 우윳빛 커튼 너머로 둘의 상체가 포개졌다. 나는 가만히 서서 둘의 모습을 바라봤다. 꽃향기가 독처럼 온몸에 퍼졌다.

집을 나온 나는 갈 곳이 없었다. 두통이나 체기보다 더 강렬한 감정에 사로잡혀 그것을 어찌해야 할지 알 수 없었다. 몸속에 불을 붙인 것처럼 뜨겁고 매캐했다. 놀이터를 서성이다 집 근처 공원으로 갔다. 가만히 앉아 있을 수 없어 계속 걸었다. 해가 지며 공기가 차가워졌지만 추위를 느낄 수 없었다. 온몸이 넘실대는 열로 불타고 있었다. 그때였다. 아빠에게서 전화가 온 건.

●

아빠와 엄마는 대학 시절 교내 커플이었다. 서로가 서로에게 첫 연인이었다. 아빠는 졸업반이었고 엄마는 새내기였다. 아빠는 자주, 자신이 어떻게 엄마를 쟁취했는지 이야기하곤 했다. 그럴 때마다 엄마는 한 마디도 보태지 않으면서 애매한 미소를 띤 채 아빠의 말을 들었다. 아빠의 기억 속에서 엄마는 아름답고 순수하면서 신비로운 알 수 없는 제3의 종족 같은 모습이었다. 엄마의 기억 속 아빠는 어떤 모습인지 들어본 적 없다. 언제나 회상을 즐기는 건 아빠였으니까. 그리고 이야기의 결론은 항상 나로 끝났다. 아빠와 엄마 사이 사랑의 결실이자 소중하고 사랑스러운, 그들의 자식인 나.

밤이 되었고 나는 집으로 돌아갔다. 나나 이모의 신발은 사라져 있었고 아무도 없었다. 텅 빈 집에 앉아 누군가 오기를 기다렸다. 나는 아빠가 돌아오는 대로 아까 통화한 내용에 대해 어떻게 생각하는지 듣기를 원했다. 우리는 함께 이 문제를 풀어 나가야 했다. 하지만 아빠는 아주 늦은 시간 돌아왔다. 술독에 빠진 것처럼 지독한 냄새를 풍기며. 아빠는 소파에 앉아 있는 나를 보고 아무 말도 하지 않았다. 씻고 옷을 갈아입고 물을 가지러 나왔을 때까지도 가만히 앉아 있는 나를 보고 그제야 아빠는 입을 열었다.

"엄마가 며칠 집을 비울 거다."

"……갑자기?"

"런던에 친구 전시회가 있어서 갑자기 가게 됐대."

너무나 비일상적인 일이었지만 아빠의 목소리와 억양은 평소와 같았다. 아까 공원에서 아빠에게 낮에 내가 본 것을 이야기할 때도 마찬가지였다. 횡설수설하는 나의 말이 끝나자 아빠는 짧게 '알았다'고 했다. 전화 통화를 하는 내내 뺨으로 흐르던 눈물이 어색할 지경이었다. 정말 알았다는 것일까. 아빠의 알았다는 무슨 의미일까. 엄마가 사라진 건 그 '알았다'와 어떤 연관이 있는 것일까.

아빠에게 묻고 싶은 말이 너무 많았지만 물을 수 없었다.

이 짧은 대화를 하는 것만으로도 아빠는 긴 달리기를 하고 난 사람처럼 지쳐 보였다.

그리고 불면의 밤들이 지속됐다. 엄마가 없는 집은 텅 비어 버린 거대한 냉장고처럼 어둡고 춥고 공허했다. 그럼에도 학교에 나간 건 담임이 집으로 연락해 부모 상담이라도 요청할까 봐 두려워서였다. 내 삶은 전례 없이 허물어지고 있었지만 누구에게도 알려져선 안 됐다. 나는 꾸역꾸역 학교에 나갔다. 진통제를 먹어 가며 들어야 할 수업을 들었고 소화제를 먹어 가며 급식을 먹었다. 아빠는 마치 뇌관이라도 되는 것처럼 나를 피했다. 아빠의 퇴근 시간은 한없이 늦어졌다. 엄마 작업실에 있는 식물들 또한 서서히 죽어 갔다. 긴 시간 공들여 키웠음에도 죽어 버리는 건 한순간이었다.

선잠에서 깨어났을 때 아빠가 침대 옆에 서 있었다. 거실의 빛을 등지고 있어 아빠는 그림자처럼 보였다. 나는 자리에서 일어나 앉아 아빠를 올려다봤다. 아빠의 고통과 슬픔이 밤의 밀도보다 더 무겁게 가라앉아 넘실대고 있었다. 두 팔을 뻗어 안아야 하나, 아빠의 손을 잡고 함께 울어야 할까. 남겨진 두 사람은 어떻게 서로를 위로할 수 있을까. 고민하다 마침내 아빠의 왼손을 잡았다. 그런데 아빠의 손은 곧바로 내 손을 빠져나갔다. 다시 또 잡으려 해도 잡히지가 않았다. 곧이어 낮은 목소리가 동굴을 건너온 것처럼 서늘하게 귀에 울렸다.

"너는 엄마와 꼭 닮았어. 어쩌면 그 여자 혼자 낳은 자식일지도 모르지."

엄마를 '여자'로 지칭하는 낯설음에 나도 모르게 몸이 떨려 왔다.

"이제 여기에…… 가족은 없어."

아빠가 방을 떠나고도 내가 꿈을 꾼 건지 실제로 일어난 일인지 분간할 수 없었다. 밤은 깊어 갔고 좀처럼 아침이 오지 않았다.

일곱 시가 되자마자 교복을 입고 학교로 향했다. 집이 더 이상 집처럼 느껴지지 않았다. 내가 머물 수 있는 장소가 이 지구상에 존재하기는 할까. 가방을 교실에 던져 두고 체육 창고로 향했다. 몸을 숨길 곳이 필요했다. 몸을 아주 작게 접어 구석 어딘가에 밀어 넣고 오랜 시간 잊혀지고 싶었다.

●

울고 있는 나를 발견한 건 영이었다. 눈물과 콧물이 온통 뒤범벅인 채로 엉망인 얼굴을 하고 사실은 누구라도 와 주길 간절히 기다렸다. 정말로 혼자가 되어 버렸기에 혼자이고 싶지 않았다. 영이는 말없이 내 정수리에 손을 얹었다. 한참을 울었고 얼마 후 문밖에서 소란스러운 소리가 들리기 시작했다. 음악 소리, 마이크에서 울려 퍼지는 커다란 목소리, 구령 소리, 웃음소리. 오늘은 학교 축제 날이었다. 숨어들 장소마저 완전히 잘못 찾았다. 하지만 이런 얼굴을 하고는 어디에도 끼어들 수 없었다.

눈물은 멈췄지만 작은 창고 안은 바깥에서 들려오는 소란으로 가득 찼다. 우리는 평소보다 더 가까이 앉아 평소보다 더 큰 목소리로 말해야 했다. 나는 영이에게 충동적으로 내게 일어난 일을 전부 말해 버렸다. 아빠와 엄마의 관계, 더 이상 함께하지 않는 저녁 식사, 엄마와 나나 이모, 갑작스러운 런던행……. 이야기 중간중간 크게 튼 댄스 음악, 호루라기 소리, 박수와 환호 소리가 끼어들었지만 영이는 아무 소리도 들리지 않는다는 듯 내 말에 집중했다. 이야기가 끝나고도 영이는 한 마디도 하지 않고 가만히 바닥만 바라보고 있었다. 어쩐지 울 것 같은 얼굴로.

그때 모르는 번호로 전화가 걸려 왔다. 며칠 전부터 여러 번 왔는데 받지 않은 번호였다. 그게 누군지 알고 있으니까. 하지만 언젠가는 받아야 할 전화였다. 나는 망설이다 통화 버튼을 눌렀다.

"미안해, 엄마가 미안해."

엄마는 내게 미안하다고 몇 번이고 사과를 했다. 그렇지만 엄마는 아빠와 헤어질 거라고, 엄마가 있는 곳으로 오라고 말했다. 일이 이런 식으로 되어 버렸지만 후회하지 않는다고도 했다.

"그곳이 아닌 다른 곳이 너에게도 좋을 거야."

그곳. 며칠 전까지 '우리 집'이었던 장소를 '그곳'이라고 말하는 것을 듣자 더 견딜 수 없는 기분이 되었다. 나는 전화를 끊어 버렸다. 끊고 나자 바로 전화가 왔다. 받지 않자 잠시 후 또다시 전화가 왔다. 나는 휴대폰 전원을 꺼 버렸다.

꺼진 휴대폰을 바라보며 당장 전화번호를 바꿔야겠다고 생각하고 있는데 문득 영이의 시선이 느껴졌다. 동굴처럼 어둡고 고요한 눈빛이었다. 고통스러워 보이는 동시에 모든 것에 무감해 보이는 알 수 없는 눈빛이었다.

언젠가 영이는 말했다. 뱀파이어들은 부모와 자식 같은 가족 관계 없이 모두 혼자라고. 지금 내가 느끼는 감정들 또한 인간이기에 느낄 수 있는 거라고. 가능하다면 모든 것을 백지로 돌리고 싶었다. 누구와도 연관되지 않고 어떤 동요도 없이 살아갈 수 있다면 영혼이라도 팔 수 있을 것 같았다. 영생의 고독도 견딜 수 있을 것 같았다. 지금의 감정들만 씻어 낼 수 있다면. 내가 내가 아닐 수 있다면.

"너처럼 뱀파이어가 될 수 있다면 좋겠어."

나도 모르게 중얼거렸다. 엄마의 전화를 받은 직후부터 다시 흐르던 눈물은 멈추지 않고 교복과 얼굴을 적셨다.

"그건 어렵지 않아."

"어렵지 않다고?"

"하지만 돌이킬 순 없어."

영이는 진지하게 대답했다. 나는 돌이킬 수 없어도 괜찮다고 했다.

"나를 원망하지 않을 수 있겠어?"

나는 고개를 끄덕였다.

"어떻게 하려고 그래?"

영이는 자신의 두 손바닥으로 내 눈물을 닦은 후 내 어깨를 잡고 나를 똑바로 바라봤다.

"이제부터 넌 아무것도 느낄 수 없어. 너에게 의미 있는 건 너 자신뿐이야. 부모도 친구도 그 누구도 너를 상처 입히지 못해. 너는 특별한 영혼과 심장을 가지게 될 거야."

말이 끝나자마자 영이의 입술이 내 입술에 닿았다. 곧이어 강하고 짧은 통증이 느껴지며 영이가 깨문 내 입술에서 피가 흘렀다. 영이는 나의 피를 마셨다.

그리고 동시에 체육 창고의 문이 활짝 열렸다.

●

갑자기 왜 영이 생각이 난 걸까. 창밖으로 방콕 시내를 내려다보며 동시에 반사되어 겹쳐진 내 얼굴을 바라봤다. 20분 후면 비행기는 태국 수완나품 공항에 도착한다. 확실히 그때

영이의 송곳니는 매우 뾰족했다. 아주 오랫동안 그 이후의 일들을 떠올리지 않았다. 정확히는 떠올릴 수 없었다. 해일이 덮친 것처럼 너무 많은 일들이 한꺼번에 밀어닥쳤고 모든 것이 뒤죽박죽되어 있었다.

영이와 나는 정학 처분을 받았고 이를 계기로 나는 학교를 오래 쉬었다. 엄마는 완전히 집을 떠났고 내게 여러 방법으로 몇 번이나 연락해 왔지만 나는 받지 않았다. 아빠는 자주 긴 출장을 떠나는 것으로 집에 있는 시간을 최소화했고 나는 홀로 남겨졌다. 하지만 영이의 예언대로 아무것도 느낄 수 없었다. 내 감정들은 코끼리 가죽이라도 뒤집어쓴 것처럼 무감했고 당시 사건들은 유리벽 너머의 일처럼 내게 영향을 미치지 않았다. 그게 무엇이었건 그것이 당시의 나를 보호했다.

그날 이후 영이를 본 적은 없었다. 소식도 듣지 못했다. 시간이 지나 내가 학교로 돌아갔을 때 찾아보려고 했지만 영이는 이미 졸업한 후였고 나는 그 애의 주소도 연락처도 알지 못했다. 하지만 이 세계에서 서로를 알아보는 유일한 두 명의 뱀파이어로서 영이의 존재는 내게 오랜 기간 위안이 됐다. 죽지도 상처받지도 절망하지도 않으며, 어디선가 살아 있을 영이의 존재를, 나는 믿는다.

화장실에서 겨울옷을 여름옷으로 갈아입고 공항 밖으로 빠져나왔다. 비와 안개로 가득한 2월의 런던에서 몇 시간만 날

아왔을 뿐인데 습하고 무더운 여름 바람이 뺨을 스쳤다. 그리
고 거리에 아무렇게나 피어난 꽃과 풀들. 태국의 거리는 몇
년 전 엄마의 실내 정원을 떠오르게 했다. 무력하게 울던 열
여섯 살의 나와 함께 긴 시간 갇혀 있던 기억이었다. 백 년도
더 된 일처럼 여겨지는데 고작 사 년밖에 흐르지 않았다. 그
생각을 하자 정말 뱀파이어가 된 듯한 기분이 들었다.

저물어 가는 태양을 바라보며 커다란 캐리어를 끌고 걸음
을 재촉했다. 열대 지방답게 피처럼 붉고 선명한 일몰이었다.
어디선가 영이도 엄마도 아빠도 이 일몰을 보고 있을 것 같
다. 이제는 누구를 만나든 어떤 말이든 들어 줄 준비가 되어
있다. 우리가 우리였던 시간은 끝이 있었기에 완벽할 수 있었
다는 걸 긴 터널을 통과하며 이제서야 간신히 깨달았다. 우리
가 더 함께였다면 분명 돌이킬 수 없을 정도로 서로를 파괴했
을 것이다. 가장 가까워서 가장 쉽게.

그 시간 이후 나는 홀로 어른이 되었고 그렇기에 그 누구보
다 단단한 어른이 되었다. 그 무엇도 그 누구도 이제 나를 함
부로 훼손시킬 수 없다. 특별한 영혼과 심장. 그것이 영이가
내게 건 저주이자 축복이었다.

횡단보도 신호를 기다리며 휴대폰을 켜자마자 벨이 울렸다.
"솔이니? 3번 주차장으로 오면 돼."
"나를 알아볼 수 있겠어?"

나의 물음에 망설임 없이 엄마가 대답했다.

"눈을 감고도 찾을 수 있어."

초록불이 켜졌고 나는 더욱더 빠른 속도로 여름의 한가운데로 걸어 나갔다.

조우리   내가 만든 이야기 속에서도 특별히 마음이 가고 더 신경 쓰이는 인물이 있다. 솔이가 그러하다. 소설이 끝나고도 세상 어딘가에 살아 있을 것 같은 아이. 그렇다면 그게 런던이든 태국이든 부디 씩씩하게 살아 주기를 바라며 솔이의 과거와 스무 살 모습에 대해 썼다.

어떤 아이들은 어른의 도움 없이 스스로 자라고 단단해진다. 어떤 어른들은 어른이 되고도 한참이 지나고야 성장하기도 한다. 모든 성장은 필연적으로 고통의 시간을 동반하지만, 그 성장의 끝에는 빛나는 여름이 공평하게 함께하기를 바라본다.

모로의 내일

2022년 7월 26일 1판 1쇄
2023년 6월 10일 1판 2쇄

지은이 이선주 최영희 최상희 황영미 조우리

편집 김태희 장슬기 윤설희 디자인 김효진
제작 박흥기 마케팅 이병규 이민정 최다은 강효원 홍보 조민희

인쇄 천일문화사 제책 J&D바인텍

펴낸이 강맑실
펴낸곳 (주)사계절출판사 등록 제406-2003-034호
주소 (우)10881 경기도 파주시 회동길 252
전화 031)955-8588, 8558 전송 마케팅부 031)955-8595 편집부 031)955-8596
홈페이지 www.sakyejul.net 전자우편 literature@sakyejul.com
블로그 blog.naver.com/skjmail 페이스북 facebook.com/sakyejul
트위터 twitter.com/sakyejul 인스타그램 instagram.com/sakyejul

ISBN 979-11-6094-957-5 44810
ISBN 978-89-5828-473-4 (세트)